KB250237

꽃, 바들거리는 놀이다

꽃, 비틀거리는 날이면

초판 1쇄 인쇄 · 2013년 5월 10일
초판 1쇄 발행 · 2013년 5월 15일

지은이 · 박미림 외
펴낸이 · 이춘원
펴낸곳 · 책이있는마을
편집위원 · 강승환, 김경란, 손승휘, 엄덕열, 조덕섭
주　관 · 시민광장 문학광장
후　원 · 노무현재단 시민기획위원회

편　집 · 이혜린
디자인 · 이종헌
마케팅 · 강영길
관　리 · 정영석

주　소 · 경기도 고양시 일산동구 장항2동 753 청원레이크빌 311호
전　화 · (031) 911-8017
팩　스 · (031) 911-8018
이메일 · bookvillage1@naver.com
등록일 · 1997년 12월 26일
등록번호 · 제10-1532호

ISBN 978-89-5639-203-5 (13810)

꽃, 비틀거리는 놀이터

박미림 外

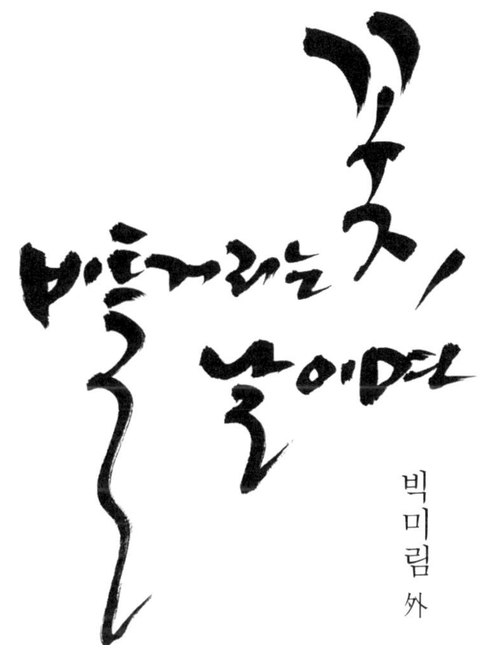

책이있는마을

그의 '삶과 죽음'을 헹궈낸 시어詩語들이

강물을 이루었습니다.

그를 향한 사랑, 그리움, 슬픔, 분노, 회상, 고뇌,

그리고 희망의 언어들이 들꽃처럼 번졌습니다.

그가 남긴 가슴속 불꽃들이 별이 되었습니다.

그는 노무현입니다.

시대가, 세상이 여전히 노무현을 부르고 있습니다.

그래서 노무현이 시詩로 다시 태어났습니다.

시詩로 태어난 노무현을 통해 세상의 모든 노무현들이

위로와 격려를 주고 받고, 새 희망을 간직하기를 소망합니다.

노무현 대통령 서거 4주기를 맞아

『노무현 대통령 추모헌정시집』을 기획하고,

함께 참여해주신 모든 분들께 깊은 감사를 드립니다.

2013년 5월

노무현재단 이사장 **이병완**

CONTENTS

2부 삶과 죽음이 자연의 한 조각 아니겠는가

3부 야, 기분 좋다

강물처럼

"강물은 바다를 포기하지 않는다. 강물처럼"

◆ 노무현 대통령 어록 중에서 ◆

그날, 막걸리를 시켰다
강승환

스마트폰 지도에도 없는 술집에서
청와대 만찬주로 사용했다는
막걸리를 발견하고 주문하니
노란주전자에 노란술잔이 함께 나왔다
파전 굽는 소리를 들으며
노란부가 있으면 달라고 했다
술잔 크기만큼 웃는
주인의 입술에서 개나리가 피었다

아네스의 노래

이창동

그곳은 어떤가요
얼마나 적막하나요
저녁이면 여전히 노을이 지고
숲으로 가는 새들의 노랫소리 들리나요
차마 부치지 못한 편지
당신이 받아볼 수 있나요
하지 못한 고백 전할 수 있나요
시간은 흐르고 장미는 시들까요

이제 작별을 할 시간
머물고 가는 바람처럼 그림자처럼
오지 않던 약속도
끝내 비밀이었던 사랑도
서러운 내 발목에 입 맞추는 풀잎 하나
나를 따라온 작은 발자국에게도
작별을 할 시간

이제 어둠이 오면
다시 촛불이 켜질까요
나는 기도합니다
아무도 눈물은 흘리지 않기를
내가 얼마나 간절히 사랑했는지 당신이 알아주기를
여름 한낮의 그 오랜 기다림
아버지의 얼굴 같은 오래된 골목
수줍어 돌아앉은 외로운 들국화까지도
내가 얼마나 사랑했는지
당신의 작은 노래 소리에 얼마나 가슴 뛰었는지

나는 당신을 축복합니다
검은 강물을 건너기 전에 내 영혼의 마지막 숨을 다해
나는 숨쉬기 시작합니다
어느 햇빛 맑은 아침 다시 깨어나 부신 눈으로
머리맡에 선 당신을 만날 수 있기를

주 : '아네스의 노래'는 애초에 영화 〈시〉의 시나리오를 위해 이창동 감독이 직접 쓴 작품이어서, 개별적인 시로서 의도된 작품은 아니다. 또한, 영화의 전개상 '아네스의 노래'는 아마추어 시인이 쓴 것처럼 쓰인 시임을 염두에 둘 필요가 있다.

샤먼의 노래
김영미

그 날의 바람은 방부제
가슴에 걸어 둔 그림처럼
고뇌하던 대한민국은
아직도 분해되지 못한 채
내 안에서 장기투숙 중

누리는 조물주의 캔버스
그것을 훔쳐 혼불을 켠 나는
이브의 피를 받은 샤먼이다
고뇌하던 그 나라가
자꾸 자꾸 보이는 것은

햇살 품은 봉화산에 새긴
마음 하나 훔친다
갈볕에 영근 올찬 그리움
툭, 떨어지고
목울대를 잠근 바람
세상을 흔든다
한 존재가 떠난다는 건
공존성의 상전벽해

이천구년 오월 이십삼일
무정란 품은 희망이 부서지던 그날
그 바람은 방부제였다

바람개비의 들녘

손승휘

빈 들판에 시절 모르는 노랑나비들이 제 멋대로 몰려와 노는 줄 알고 당신이 깜짝 놀라던 그때는 내가 살짝 당신 꿈 속에 들어갔더랬습니다

나무들이 쏴아아쏴아 흔들리던 저녁무렵 당신이 외로이 숲길을 걸어갈 때면 나는 당신 곁을 지나가면서 풀잎들의 이름을 하나씩 지어주고는 했습니다

하늘을 흘러가는 구름, 소나기들의 미운 짓, 산과 들을 구비구비 지나고 강을 건너, 작은 나라 바람개비의 들녘에 우두커니 서서 누군가를 그리워하는 당신, 서운해 말아요, 나는 내내 당신과 함께 이 들녘에 서서 같은 꿈을 꾸고 있으니까

서리 내리고 하늘에 별들이 하나도 없던 날 당신은 눈물을 흘렸지만, 울지말아요, 내가 별이든 달이든 햇살이든 죄다 당신 가슴 속에 모아놓은 거니까

작은 띠풀 한 잎

김정란

그는 새벽에 집을 나섰다

산으로 올라가기 전에

그는 길가에 나 있는 작은 띠풀 한 잎을 본다

그는 무릎을 꿇고 앉아 띠풀을 조용히 잡아당겼다

텅, 깊은 세상의 문이 열렸다

그는 가버렸다

멀리, 단 한 순간에

띠풀 위에 그의 영혼이 내려앉았다

흰 별꽃 한 송이

눈 밝은 이들의 눈에만 보이는 작은 꽃

한 송이

해마다 그 길가에 피어난다

그가 마지막 마음을 내려놓은 작은 잎사귀 위에

나는 이제 울지 않는다

나는 띠풀 위에 피어나는

흰 별꽃 한 송이를 깊이 명상한다

초헌 初獻

김경현

오늘도 사람들은
내가 마냥 술에 취해서
술잔을 바닥에 엎는 줄로 알지만
이 땅은 용기 있는 자를 위한
무덤이라는 생각입니다

가끔씩 첫 술잔 쏟던 것
버릇이 되어 담배도 내려놓고
그저 바라보는 것
늘 일상이 되어 마음을 벼리고
술주정으로 보인다던 나의 몸부림도
그대를 향한 춤이었다는 걸
땀인지 눈물인지 술인지
아무도 모를 것으로 한없이
바닥이 젖었던 날이었습니다

개나리

이정호

거친 파도를 헤치고
지친 몸을 추스려 뭍에 도착했다
따스한 햇살과 푸른 초원 위로
촉촉하고 달콤한 이슬비가 내려
금세 새싹들이 파랗다

아, 비바람이 몰아친다
우산과 내몸은 바람에 한없이 밀려 나간다
플라타너스의 새싹도 나뭇잎도
바람에 떨어져나가 앙상한 가지만 남긴다

그후 봄은 오지않았다
모진 태풍과 비바람 속에
노랑 개나리는 다시 피지 않았나
이젠 모진 추위와 비바람 속에
시린 가슴을 안고 봄을 기다린다
다시 노랑 개나리가 활짝 피어나기를

대답하지 못한 질문
유시민

원칙과 상식이 통하는 나라
특권과 반칙이 없는 세상을 만들 수 있을까
그런 시대가 와도 거기 노무현은 없을 것 같은데
사람 사는 세상이 오기만 한다면야 그래도 괜찮지 않을까요?
2002년 뜨거웠던 여름
마포경찰서 뒷골목
퇴락한 6층 건물 옥탑방에서 그가 물었을 때
난 대답했지
노무현의 시대가 오기만 한다면야 거기 노무현이 없다한들 어떻겠습니까
솔직한 말이 아니었어
저렴한 훈계와 눈먼 오해를 견뎌야 했던
그 사람의 고달픔을 위로하고 싶었을 뿐

대통령으로서 성공하는 것도 의미 있지만
개인적으로 욕을 먹을지라도
정치 자체가 성공할 수 있도록
권력의 반을 버려서 선거제도를 바꿀 수만 있다면
더 큰 의미가 있는 것 아닌가요
대연정 제안으로 사방 욕을 듣던 날
청와대 천정 높은 방에서 그가 물었을 때

난 대답했지
국민이 원하고 대통령이 할 수 있는 일에 집중하시지요
정직한 말이 아니었어
진흙투성이 되어 역사의 수레를 끄는 위인이 아니라
작아도 확실한 성취의 기쁨에 웃는 그 사람을 보고 싶다는
소망이었을 뿐

세상을 바꾸었다고 생각했는데 물을 가르고 온 것만 같소
정치의 목적이 뭐요
보통사람들의 소박한 삶을 지켜주는 것 아니오
그런데 정치를 하는 사람은 자기 가족의 삶조차 지켜주지 못하니
도대체 정치를 위해서 바치지 않은 것이 무엇이요
수백 대 카메라가 마치 총구처럼 겨누고 있는 봉하마을 사저에서
정치의 아수성과 정치인생의 비루함에 대해 그가 물었을 때
난 대답했지
물을 가른 것이 아니라 세상을 바꾸셨습니다
확신 가능한 말이 아니었어
그 분노와 회한을 함께 느꼈던 나의
서글픈 독백이었을 뿐

그는 떠났고
사람 사는 세상은 멀고
아직 답하지 못한 질문들은 거기 있는데
마음의 거처를 빼앗긴 나는
새들마저 떠나버린 들녘에 앉아
저물어 가는 서산 너머
무겁게 드리운 먹구름을 본다
내일은 밝은 해가 뜨려나
서지도 앉지도 못하는 나는
아직 대답하지 못한 질문들을 안고
욕망과 욕망이
분노와 맹신이 부딪치는 소리를 들으며
흙먼지 날리는 세상의 문턱에 서성인다

님의 향기 따라 님의 마음 따라
박정현

꽃놀이 좋은 계절에

님의 향기에 끌리어 봉하에 오면

노란 바람개비 달려 나와 님처럼 반겨주네

눈물 한 방울, 그리움 한 줌 드리고 희망의 마중물 부으면

벅차오르는 생명의 물줄기 심연心淵을 채우고

아쉬움 한 숨, 허전함 한 움큼 내어 놓고

그리움 먹고 자라는 천년 수樹 심어 토닥이면

매다 가신 밭 언저리 잡초마저 기꺼이 꽃망울 맺으리

生의 인연 모두 내려놓으시고 사람 사는 세상 심어 놓고 가시니

님 영전에 가슴으로 삭힌 막걸리 한 잔 올립니다

노란 바람개비 신나게 돌고 돌 때

흰 국화도 철모르는 아이 손에서 함께 웃고

아비 되어 가꾸신 들녘에 그리움들 하나 둘 모여 자랍니다

생가 마당에 서면, 가슴 속 아지랑이 피어오르고

봄꽃보다 짙은 님 향기 가득한 마을에

시나브로 익어가는 단감의 꿈, 장군 차의 희망

자연이 되신 님의 품에서 아이처럼 마냥 웃고 뛰어 놀고 싶습니다

언젠가 그 날이 오면!

다시 길 위에서
김경란

꽤 오랫동안 매일 바람이 불었다
디딜 때마다 푸석푸석하던 가난한 땅들이
일제히 빈 몸을 일으켜 바람을 맞았다
바람은 여과 없이 땅의 몸 깊숙이 스며들어
달래거나 윽박지르거나 타협하면서
땅의 아이를 낳고 새로운 계절로 집을 지었다
강물이 상처 난 등을 몇 차례 쓸어내리는 동안
마른 길 위로 쏟아져 나온 아이들은
답답하다고 유서를 쓰거나 실종되었다
붉은 글씨와 높은 목소리를 외면했고
사랑을 배우지 못한 채 빠르게 늙어갔지만
아무도 그들을 막지 못했다
여기저기에서 봄을 애타게 그리던 함성들도
꽃 피기 전 몸을 감추며 하나씩 사라져갔다

몇몇은 빌딩 옥상에서 뛰어내렸고
뜬금없이 온 몸에 휘발유를 들이붓거나
뉴스 화면 속에서 심심찮게 뒷모습을 보이며
아파트 가격과 함께 추락했다
바람은 아주 낮은 곳으로 모여들어
인적마저 뜸한 외진 곳에 등짐을 풀고
다시 제 몸을 추스르는 중이다

양 팔을 벌려 이제 내가 바람을 맞는다
상실의 날들 품은 채 서성이는 세상을 흔들며
익숙한 바람이 불어온다

절벽

김태형

바라다보는 것만으로 절벽은 아름답다
실개천 건너 그늘진 바위 위에 앉아 있으면
깎아지른 절벽은 높이마저 지우고
아름답도록 공허하다
다시 그 이름을 찾아갔다
느릿느릿 트럭이 앞서가며 모래와 부서진 자갈을 뿌렸다
경사진 길을 오르지 못할까 싶어 바짝 따라갔다
바람이 얼어붙은 곳까지 다다랐다
제 가지를 쳐서 소나무가 묵은 눈을 흩날렸다
절벽 위에서 절벽은 절벽을 다 내던진다
누가 이곳까지 올라왔는지

가만히 서서 긴 숨결을 한없이 내려만 놓고 있었는지

가파른 허공이 시퍼렇다

내 입술에 묻은 하늘이 파르르 떨렸다

한차례 묵은 눈가루가 흩날리자

한 줌의 그림자가 햇볕 속에서 선명하게 반짝였다

다 던질 수 없다는 것을 깨달았을 때

절벽은 절벽을 내려놓게 된다

다 내려놓고 저만치 홀로 개울을 건너간 이가 있다

그곳까지 건너다보인다면 이제 아름다움을 이야기하자

당신도 나도 이 세상도 그때만큼은 조금은

그의 씨앗

김경민

그의 씨앗이 처음 가슴에 날아와 박혔을 때
금새 나를 아우르는 큰그늘이 되기를 기도했다

하지만 세상이라는 달콤한 유혹들에 혼이 팔리자
나는 그의 씨앗 위로 무관심의 지방을 쌓아만갔다

그리고 그가 산화하던 날
그의 씨앗은 모든 나의 부끄러움을 태우고 또 태웠다

명치 끝 정가운데로부터 정확히 반뼘 왼쪽

세 번의 겨울이 가고 네 번의 봄이 왔지만
그의 씨앗은 아직 움트지 않은 채 나를 주문한다

각성하기를
행동하기를
양심이기를
사람사는 세상을 만들기를

봄은 이런 것이다

이명수

먼저 죽은 것들이 있어야겠지

씨앗이 되거나 남의 살이 되거나

그러면 바람이 불 거야

어디든 날아갈 수 있게

바위도 굳건하게 몸을 드러내고

더러는 잘게 부서질 거야

그리고 기다리는 거지

……… 빛이 올 때까지

그는 너무 뜨겁지도 너무 차갑지도 않게

추웠다 더웠다 파동을 쳐서

은근하게 충동하겠지

유혹은 그렇게 하는 거니까

그렇더라도 꼼짝 안 할지도 몰라

촉촉한 비가 스미지 않는다면

밤사이 여민 창문을 두드리지 않는다면

봄은 파랗게 물오르는 거니까

봐봐

담배 하나만 주소
우경훈

담배 하나만 주소
꾸겨진 담뱃갑에
꾸겨진 담배가 웅크린 채 숨바꼭질을 한다
애타는 소리에
애타는 손놀림

건네진 담배 한 개비에
붉은 열정이 잠시 번쩍이면
깊고 깊은 한숨이 마지막 인사도 없이 허공으로 사라진다
누구에게 말을 건네야 하나
바보 같은 미소를 담으며
꾸겨진 세상에
마지막 한 숨을 내뱉을지

담배 하나만 주소
오늘 꾸겨지지 않은 담배 하나
당신에게 고이 건네 본다

당신이 봄입니다

김선미

또다시 봄이 왔어요

되돌아온 봄이 아닌

들꽃처럼 설레는 새봄이길

노란 꿈 가득한 봉하에도

그리움 가득한 우리 곁에도

당신은 봄보다 먼저 다녀 가셨나요

항상 그 곳에 서 계실 거라

소박한 웃음으로 손 흔들어 주실 거라

어린 아이처럼 당신을 기다립니다

사람 냄새 나는 당신은

아끼고 아껴 조금씩 꺼내 보는 첫사랑입니다

사람 사는 세상입니다

점점 흐르는 시간 속에서도

눈 감으면 추억으로 오시는 당신 참 따뜻해요

살랑살랑 불어오는 봄내음을 타고

한아름 꽃들과 사뿐사뿐 달려 갑니다

이제는 당신처럼 따스하게 꼬옥 안아드리고 싶어요

사랑합니다 당신

당신이 봄입니다

행복

최재우

끼니 때마다 한 끼 식사가 기다려지고
신세를 지는 이부자리가 포근하게 느껴지고
살아가다가 만나는 사소한 변화들을
기쁘게 여길 줄 아는 사람은 행복할 거야

저 먼 나라의 사람들 이야기에 가슴 아프기보다
내 아내 때문에 가슴이 아픈 사람은
내 친구 때문에 가슴이 아픈 사람은
쓰레기통을 뒤지는 고양이 한 마리 때문에
가슴이 아파오는 사람은 행복할 거야

봉하에 박석 한 개를 심어놓고
갈 때마다 쓰다듬고 어루만지는 사람은
행복할 거야

어떤 시작

황병일

가능하리라
나아지리라
기다려보겠다
낙관적 기대들이
참말로 덧없어 보이는 대상이 있다

그런 세월에 섰고
그런 세상에 섰다

피식, 코웃음으로 외면할 그대 앞에
나마저 스스로를 남루하다 여겨선 안 된다
절대로

묻어둔 사람

길상호

새가 뜬 벽지 밑에서 그는 맨발로 걸어 나왔다. 발등의 푸른 정맥을 따라 곰팡이가 번져 있었다. 쭈그려 앉은 울음이 발등을 다 적셔놓은 거라고, 눈 밑이 검어진 형광등으로 그를 만지는 동안 천정에 매달렸던 시간들이 똑, 똑, 똑, 녹아 떨어졌다. 오래 전 여러 겹의 계절 속에 묻어둔 사람, 축축하게 번져 있는 입술은 아무 말도 하지 않았다. 다만 녹물이 고이기 시작한 나의 명치에 입맞춤하고는 다시 벽지 속으로 사라졌다. 바람벽의 바람이 검은 새들을 방안에 풀어놓는 새벽, 그가 남기고 간 발자국을 닦으며 새로 바른 계절이 낡아갔다.

자전거
손광락

마혼을 건너 가면서 사랑을 잃었다고
마혼을 넘어 가면서 사랑이 방전되었다고
설레임도 간절함도 애틋함도
제 길을 찾아 떠났다고 하길래
걸어서 먼 길
차가 갈 수 없는 길을 떠납니다

소소함 흐뭇함 싱그러움 호젓함이 다가왔다 지나가고
만났다가 부딪혔고
돌아와 누우니 사랑이 잔소리하고
사랑이 밥을 하고
사랑이 달려오고
사랑이 보채고
사랑이 움직이고
사랑이 서투른 피아노를 치네요

마혼을 넘어 와 보니 사랑은 안에 있지 않고
밖에 있었습니다

이방인

정언주

희뿌연 간유리창 너머로 한 사내의 모습이 보인다. 그는 다리를 절며 우리 곁으로 다가오고 있다. 마침 우박이 쏟아지던가, 사내는 어두운 두 눈을 부라리며 하늘을 노려보지만 철 지난 카키 색 점퍼 위로 궂은 바람이 펄럭이고 사내의 뒤를 쫓는 한 무리의 동네 아이들은 그의 피리소리를 듣지 못한다. 수심어린 사내의 호흡은 납골된 그의 그림자를 일으켜 어디로 가고 있는 것일까. 그의 남루한 발길을 따르는 잿빛 언덕을 지나 은사시나무 가지들 틈새로 그가 잠시 사라진다. 그가 돌아오자 우리들은 자갈돌처럼 어지럽게 수런거린다. 그의 체취는 불온하다. 그의 손가락은 구부러져 있고 그의 검은 손아귀에서 연기처럼 붉은 꽃이 피어오른다. 사기치고 있군. 그러자 그는 품에서 죽은 비둘기를 꺼내 보인다. 그는 물론 사기를 칠 생각이 없었노라 말한다. 그러자 그의 어깨 너머로 하얀 비둘기떼가 쉼없이 분수처럼 솟구쳐 오른다. 우리는 그 정도에 놀라지 않는다. 교묘하군. 그는 자신이 마술사가 아니라고 강변한다. 사랑과 희망만이 기적이다. 역시 사기꾼이야. 그는 더 이상 항변하지 않는다. 그의 침묵 속에 얼어붙은 번개, 혀를 짤린 우레의 골조가 드러나자 우리는 그가 떠나온 곳을 서눌러 은폐한나. 우리는 결코 우리의 근거와 테두리를 의심하지 않는다. 우리는 우리 밖을 나서지 않으리라. 그러자 그는 순식간에 눈앞의 간유리창을 깨고 죽은 비둘기와 함께 뛰어내린다. 그날 우리가 본 것은 아무것도 없었다. 그저 쏟아지는 우박이 유리창을 흔들어 깨뜨렸을 뿐.

울컥하다

백승훈

앵두나무 우물가에
그녀가 산다

경기도 포천시 동교동 255-2번지
정든 집 떠나 전입신고도 없이
몸부터 먼저 가 누운
샘물치매요양원

애야, 밥 먹어야지, 밥 먹구 가

면회 마치고
요양원 입구 길 모퉁이 카페
'앵두나무 우물가에'를 돌아 나올 때
등 뒤로 들려오던 어머니 음성
차는 돌부리에 채여
덜컥, 하고
나는 노모의 목소리에 걸려
울컥, 하고

당신을 기다리며

김현희

꿈을 꾼다

언제나 한결같은 꿈

나무인 양 늘어 선 긴― 기다림

그늘인 양 어스름한 짙은 그리움

그끝에 매달린 기원

간절한 슬픔

님은 언제나 모습이 희미하고

난 언제나 망연히 바라본다

다가가면 사라질 그림자일까 봐

고목처럼 서 있는 몸은 그리움에 떨리고

화석으로 굳어진 기다림은 눈물되어 떨어진다

눈물 속에 소리가 섞인다

물레방아 도는 소리

시간이 섞여 노는 소리

기다림이 흐르고 그리움이 흐르고

그리고, 기원, 슬픔이 고이는 소리

나의 소리 너의 소리들

언제나 한결같은 꿈

당신을 마중하고 싶다

사랑

장재훈

너무도 짧았던 사랑이 가고
비틀거리며 걷다 바라본
거리의 간판과 들판의 꽃들과
어울리며 날아가는 노란 나비를 보고
당신이구나 생각한 건 나뿐일까요?

아니면, 삶의 조각들이
내 눈위에 만들어낸 신기루일까요?

어릴 적 앞니가 부러진 후로
웃음을 잃어버린 내 활달함이
또다시 부서져 떠나 버린
울컥함을 다독이는 과정일까요?

내가 살아가는 동안
유화의 붓터치같이 노랗게 아문 상처가
어쨌든, 낙인처럼 남겠네요!

그 상처를 어루만지며
강렬함에 이끌려온 거울 앞엔
사람들과 섞여 서 있는 내가 있고
결국 난, 나를 사랑한 것이었네요

마침내 바보들이 돌아왔다
이원규

한 사람이 떠났다 보내야 했다
한 사내가 떠났다 보내야만 했다
한 바보가 떠났다 보낼 수밖에 없었다
이른 아침까지 저승새가 울더니
한 시대의 풍운아가 떠나고
한반도의 고독한 승부사가 떠나버렸다
잠시 눈길 피하는 사이
한 사나이가 몸을 날렸다
절망과 환멸의 짙은 그늘 아래 쪼그려 앉아
잠시 고개를 숙이는 사이
역주행 한반도의 먹구름 속에서
발만 동동 서로 다른 곳을 바라보는 사이
한 사나이가 먼저 온몸을 날렸다
살아남은 우리 뒤통수에 벼락을 치며
저 홀로 훌쩍 뛰어내리고야 말았으니

이 시대의 마지막 의인에게
부엉이바위는 절명의 벼랑이 되었다
이 시대의 처음인 혁명가에게
부엉이바위는 생사일여 순명殉命의 성지가 되었다
그리하여 한 사람이 떠나고
또 한 사람이 돌아오고 있다
한 사내가 가고 또 한 사내가 오고 있다
한 바보가 가고 또 한 바보가 돌아오고 있다
한 시대의 의인이 가고
비운의 풍운아, 고독한 승부사가 가고
순명의 혁명가 노무현이 돌아오고 있다
단 하나의 노무현이 떠나고
노무현 같은 바보들이 하나 둘 돌아오고 있다
마침내 수십만 수백만 수천만 명의 노무현들이 돌아오고 있다

그의 모습
강원빈

새해가 오면

봉하 마을의 빨간 일출과

그가 화목한 모습으로

가족들과 설맞이 하는 모습이 보이네

봄이 오면 꽃이 하나둘씩 피어나고

그가 꽃구경하러 산책길을 걷고 있네

여름이 오면

그는 논에 가서 김매기를 하며 손녀와 다정하게

놀고 있는 모습이 보이네

가을이 오면

봉화산에서 아내와 손을 잡고

낙엽과 단풍을 구경하네

추석이 오면

곡식을 수확하고

손녀와 함께 어여쁜 송편을 만들고 있네

겨울이 오면

그는 손녀와 함께 눈썰매를 타면서 정을 나누네

그리고 지금도 그는

우리와 함께 시를 쓰고 있네

그가 그립다
한승오

문득 문득 생각난다
귀농하신 아버님 '밀짚모자' 쓰며
쇠스랑 들고 밭일 나가실 때
옆집 할아버지 손녀 '목마' 태우고
놀이터에서 아이들과 어울릴 때
산에 오른 등산객 바위 위에 걸터앉아
'등산화' 벗고 잠시 쉬어갈 때
한강변 어르신들 '자전거' 타고
산들바람 맞으며 가로지르는 뒷모습 바라볼 때
놀이공원 놀러나온 부모 아이
'노란 풍선' 손목에 걸며 함박 웃음 지을 때
사무실 벽면에 붙인 그의 얼굴과 판화 글씨
'강물은 바다를 포기하지 않습니다. 상물처럼!'에 눈길이 미물 때
나는 그가 그립고 또 그립다
늘 그렇듯이

사랑
고영민

늦은 저녁, 텅 빈 학교 운동장에 나가
철봉에 매달려본다

너는 너를
있는 힘껏 당겨본 적이 있는가
끌려오지 않는 너를 잡고
스스로의 힘으로
끌려가본 적이 있는가

당기면 당길수록 너는 가만히 있고
오늘도 힘이 부쳐
내가 너에게
부들부들 떨면서 가는 길

허공 중 디딜 계단도 없이
너에게 매달려 목을 걸고
핏발 선 너의 너머 힘들게 한번
넘겨다본 적이 있는가

별이 떨어지다
홍수연

밤하늘의 별똥별이 떨어지는 것 보았지?

"내일 아침에 내 반찬"
소리 내었다가 아침 첫 숟가락 들면서
"어제 그 별"
이렇게만 기억해 내고 말했다면 괜찮았을까

그땐 생각조차 되지 않다가
또 다시 저녁이 되었어야 어제 그 별이 생각나서
내 기억력을 한탄하며 혀를 찼지

우리가 새아침 첫 숟가락 들면서
그 별을 생각하였다면
이렇게 허둥대며 살지는 잃았을 거야

이 땅에도 별은 수없이 왔다가
그냥 울면서 떠났지

그냥

최지웅

그냥 울었습니다
삶이 너무 힘들어 울었습니다
가진 게 없어 울었습니다
꿈이 없어 울었습니다
나를 믿는 가족들한테 미안해서 더욱 울었습니다
그냥 원망했습니다
아침에 건강하다고 말씀하신 어머니를 원망했습니다
저녁에 아무 말 없이 하늘로 간 어머니를 원망했습니다
노무현 대통령을 미워하는 정치와 언론, 세상을 원망했습니다
우리만 남기고 가버린 노무현 대통령을 많이 원망했습니다
그냥 화가 났습니다

앞만 보고 살아온 저 자신에게 화가 났습니다
일에 빠져서 사랑하는 이들을 지키지 못해 화가 났습니다
기울어진 세상에 화가 났습니다
혼자 힘으로 할 수 없음에 너무 화가 났습니다
그냥 살겠습니다
옆도 보고 뒤도 보면서 살겠습니다
사랑하는 이들을 지키면서 살겠습니다
기울어진 세상이 바로 설 수 있도록 살겠습니다
혼자가 아닌 함께하는 마음으로 같이 살겠습니다
그냥 그렇게 계속 살겠습니다

바보별

최 희 명

수없이 고개를 넘어 터널을 지나 제 빛으로 달려와 별이 되었다
박수와, 벼린 칼날의 세월 한 허리 겸손해지라는 듯
물 몇 바가지 끼얹어 아낌없이 바보되었다
그 험한 별을 그 바보의 기호를 하늘의 뜻처럼 사랑하는 님들
찬웃음 짓던 푸른 이마들 바다 가득 헤엄쳐 그 뜻 뭍에 올랐다
우뚝 올랐다 대한민국!
빛나고 커다란 언어에 익숙한 우리들 억새 같은 그의 말
이교도처럼 거리꼈다
카메라 렌즈가 부분밀착 유희를 즐기는 사이 확대된 말의 파편에
묻혀버린 그의 복지 그의 문화, 본능처럼 낮은 곳을 보듬었던
넓고 따순 품, 귀족할 줄 몰랐던 그의 낮은 말들에 던진 냉소 미안해
저기 저렇게 만장 가득 눈물들 모였구나
세치 혀로 칼을 갈던 입들도 열반에 들었구나
핏빛 메아리도 잦아들고 맡아보니 별 구린내도 쉰내도 없구나
우리 이제 뚫어지게 생각할 일만 남았구나
낮았기에 들려 올려진 바보별 바라볼 일만 남았구나

봄비
김미란

봄비 소리
토다닥토다닥
그렇게 아픈 소릴 내면
나도 아프지

너도 보고 있을
봄비가 내게 와
차라락차라락
그렇게 숨죽여 울면
나도 울지

봄비가
뽀로록뽀로록
그 아픔으로 싹틔우넌
내 아픔으로 꽃피우면

지천 파랑새

조덕섭

금요일 저녁 홍대 앞 무명 인디밴드의 이야기일 거야
상계동 온수골 사거리 복권방을 찾는
어느 구직자의 이야기일지도 몰라
아니야 남도 소쇄원에서 만난 여행객의 취중 만담 같기도 했어
그리움이 하얀 꽃불로 타는 봄날이었다지
그 봄에 잠시 다녀오겠다고 집을 나간 정의며 분노며 진실이
어느 산 넘어 멀리 갔는지 아직도 돌아오지 않는다고 했어
실종 신고를 하고 백방 수소문해 봤지만
전해지는 소식에 의하면
정의는 삼성 x파일이 가져 갔다고 하고
분노는 이후 사 년 내내 용암을 설득 중이라 하고
진실은 청계천 헌책방 곰팡이와 동거 중이라는 것 같았어
당장 한 끼의 식사를 걱정하는 가난한 내 이웃들에게는
이 무슨 말인가 싶기도 했는데
허공의 구름 이야기가 아닌 것만은 분명해

실존에 대한 근원적인 물음들이 귓전을 때리고
밤하늘 은하수와 함께 떠다니는 번민들
하얀 꽃불 속에 산수유 꽃잎도 던져보고
철쭉도 섞어 보았지만
그 봄날의 꽃불은 하얗게 타는 그리움이었다지

지천 파랑새 운다
오월에 떠난 내 그리운 사람의 지휘에 따라 합창으로 운다

내가 아름다운 것은 사람이기 때문에
사람으로 살아야 할 이유를 다져주며
지천 파랑새 우는 봄날이다

불꽃, 우리의 몫

유영호

비바람에 맞서면서도

흔들릴지언정

결코 꺼지진 않을 줄 알았습니다

늘 곁에 머물 것이라던

내 생각이 어리석었다는 것을 깨닫고 난 후

먹먹한 가슴으로 밤하늘을 쓸며

격심한 통증을 느꼈습니다

보수의 칼에 민주는 피를 흘리고

움켜쥔 자의 손아귀는

썩는 냄새가 역했습니다

코를 움켜쥔 채 분노하면서도

목구멍이 포도청이라는 핑계로

애면글면하며 살아갑니다

당신도 나처럼

유약한 마음 한 켠에

절이나 교회 하나쯤 짓고 살았는지요

불씨만 남은 화로에서

민주의 불꽃을 일으키는 것은

우리의 몫

이젠 당신을 보냅니다

그러나 절대 잊지는 않겠습니다.

사랑하다 그만

문창길

저 민들레 한 송이 그냥 지나치기 싫어
허리를 굽힌 당신의 뒷그림자 우리의 마지막 사랑이었죠
반쯤 날아간 홀씨 어루만지며 무슨 생각에 젖어 있을까
참 많이도 궁금했습니다 남녘바람 조용히 불어오자
홀씨 하나 당신의 코끝을 스치며 저 건너 도랑 끝으로 날아가
물기 머금고는 이내 자리를 잡는군요
써레질 끝난 무논에서 물개구리 첨벙거리는 것을 보고
당신은 빙긋이 웃음바람으로 스쳐 갔지요
그렇게 참 순박스럽게 동네 한 바퀴 휘돌아 나가신 당신
이제 걸음걸음으로 돌아 올 수 없는 먼 먼 또 하나의
봉화산에 올라 미덥지 못한 조국의 민주화를 부르짖다
통일조국의 그 날은 오리라 희망가를 부르다
미군 탱크에 깔린 저 효순이미선이의 초롱한 눈망울도 생각하다
갑자기 산비눌기 한 마리 푸느득 날아오르사 그만
날자 날자 날자꾸나 그렇게 날아가 버렸지요
검찰의 날선 창끝에 온몸 상처로 남은 당신

이제 밀짚모자 바보 노무현을 볼 수 없습니다
참 아쉬운 것은 당신에게 탁배기 한 잔 더는 건넬 수 없는
참 바보스런 당신, 아니 참 바보스런 당신의 이웃, 당신의 친구
당신의 애인들이 오매불망 짝사랑으로만 남아 있습니다
새끼손가락 걸어 분단종식과 평화통일의 길을 열겠다던
서민대중들의 아픔과 가난의 서러움을 꼭 해결하겠다던
비정규직 노동자를 비롯한 장애인들의 인권회복을 이루겠다던
오리를 풀고 우렁이를 풀어 농약없는 나락을 심고
찰진 쌀을 거둬 진짜 먹거리가 무엇인지를 꼭 보여 주겠다던
그 옹골찬 꿈들을 아직 우리는 버리지 못하고 있습니다
아니 봉하초등학교 학생들이 당신의 집 앞에서
현장체험으로 숙제를 풀어나가듯 남은 우리들
기어이 그 꿈들을 기어이 나머지 숙제들을 풀어갈까 합니다
이제는 짝사랑밖에 할 수 없는 당신
여전히 봉화산 등성이를 오르는 당신의 뒷그림자가
오늘따라 유난히 길게 드리워지는 것은

살아남은 자들이 다하지 못한 슬픈 사랑 때문일까요
아니면 뒷자전거에 귀여운 손녀딸을 태우고
동네 한 바퀴 돌던 그 모습이 눈에 밟히던가요
아니면 앞집 할머니가 텃밭에서 건네준 무 몇 뿌리
참말로 심심치 않고 그렇게 알싸하던가요
그런 아름다운 기억일랑 가슴에 꼭 쥐고서
이제 무거웠던 짐들일랑 마을회관 앞마당에 내려놓고
당신이 오래오래 생각했던 그 길 편안히 가십시오
우리도 이제 오래오래 생각하면서 당신의
바보이름 노무현을 저 무논에 모를 심듯 새기겠습니다

◆사진출처 : 노무현대통령 공식홈페이지 〈사람사는세상 www.knowhow.or.kr〉

삶과 죽음이 자연의 한 조각 아니겠는가

“삶과 죽음이 모두 자연의 한 조각이 아니겠는가”

◆노무현 대통령 어록 중에서◆

천창

박송이

아직 너무 서툰 우리
천창 아래 누워
비를 맞아도
우리는 젖지를 않네
떨어지는
빗방울을 세다가
그만 우리는
한 몸으로
비가 되었네

얼굴

도종환

까까머리 학생이던 때 그의 얼굴에는
차돌처럼 반짝이는 단단한 은빛이 배어 있다
상고를 졸업하고 군복을 입고 있는 그의 얼굴에는
읍내와 면소재지의 경계쯤에 자리 잡은
투박한 냄새와 과수원 냄새 같은 게 스며 있다
지방 변호사가 되어 최루탄 묻은 아스팔트 냄새를
바지에 묻히고 다닐 때나
역사를 야만으로 바꾼 자들에게 명패를 집어 던질 때
그에게는 질주하는 야생의 냄새가 났다
실패는 많았지만 패배주의에 젖지 않던 시절
쉽게 타협하지 않아 하로동선夏爐冬扇처럼
버려져 있던 날
그런 날도 그에게선 참나무 냄새가 났다
화로처럼 타던 그의 가슴 안쪽이 겨울과 만났을 때
사람들은 그를 향해 손수건을 흔들었고
그의 얼굴에는 참나무 숯이 타면서 내는
따뜻하고 붉은 온기가 오래 머물러 있었다
한 나라의 대통령이면서도 비주류라서
나무 끝에 앉은 새처럼 흔들리고 있던 시절
다시 법정에 선 변호사 어투가 흘러나오던 시절

억울해 하는 얼굴에 스며드는 그늘 같은 게 보였다
그의 생애 중에 가장 좋은 얼굴을 만난 것은
대통령 일을 그만 두고 낙향한 뒤부터였다
밀짚모자를 쓰고 오리와 함께 돌아올 때나
자전거 뒤에 풀빛을 태우고 마을을 돌 때
그의 얼굴에는 갓 캔 삼자줄기에 따라온
풋풋하고 건강한 흙냄새가 살아났다
구멍가게의 나무의자 냄새가 났고
낮은 신발로 갈아 신고 만나는 오솔길 냄새와
잘 익은 사과의 얼굴 위에 내려앉은
가을햇살의 표정 같은 게 있었다
수많은 얼굴을 녹여 낸
가장 편안한 얼굴이 그 사람의 진짜 얼굴이다
벼랑은 다시 예전의 버랑으로 돌아가고
허공도 다시 허공이 된 뒤
밀물 같은 슬픔의 물살 출렁이다 빠져나가고 나면
우리는 어디서 다시 그의 편안한 얼굴 만날 수 있을까
풀밭에 앉아 푸른 세월을 건너다보던 얼굴
놓쳐버린 우리의 얼굴을

오월의 광장

손정희

사람들은 빽빽한 은행알처럼 서울 광장을 메웠다
열기는 터트릴 듯 두 눈을 익히고,
2009년 초여름날 그 일은 벌어졌다
매일 아침 뉴스에 고개를 숙이던 모습만 보이더니
당신은 일상처럼 다가와 뒤통수를 후려쳤다

죽인 사람이 없는 살인
또는 이유가 없는 자살
우리는 너무 익숙해져 있었다 비리의 광기에
뜨거운 햇살이 머리 위로 쓰러지고
길게 줄을 선 경찰차만이 현재를 말했다

아지랑이를 내뿜는 아스팔트 위에 서서
당신이 누워있는 관이 지나가는 것을 보았다
검은 슬픔이 도로에서 치솟았다
3일 내내 흰 꽃을 든 사람들은 어둠 속에서 절했고
누군가는 복수만이 최고의 선물이라고 선동했다
마지막 날, 한꺼번에 건물에서 쏟아진 사람들은 이를 갈았지만
시간은 쉽게 망각을 지휘했다

누구보다 재빨리 입을 닫는 사람들과
오래 삶아야 하는 걸레처럼 역겨워진 입 사이
국밥집에서나, 포장마차에서나, 그 어디서나
의심은 사람의 병이라 죄책감만이 입을 떠벌렸다

여전히 미디어는 잊힐 때쯤 낭신을 이용하고
마지막 죽음을 본 경호원은 거짓말처럼 사라지고
진실 또한 함께 자살해 버렸다

그러나 문득
당신이 심은 벼가 고개를 숙이고 여전히 우리의 삶에 바탕이 됨을 알았을 때
당신을 대신할 수 있는 것은 아무것도 없다는 것을 느꼈다

5월, 다시 바람이 분다

김재식

5월, 다시 바람이 분다
몸 어딘가 면 하나가 바래진다
비가 뿌린다
가슴 어딘가 또 하나의 기억이 사라져간다
잠 설치다 마주친 새벽
밤하늘엔 내 사랑이 떠나고 별들이 비었다
그래서 이별인가?
노년의 치아처럼 몸에서 색들이 우루루 빠져나간다
내게도 사랑하는 이가 있었다
사랑 있어도 힘든
산다는 것의 수렁에 빠진 나를 두고
노란색 하나 남기고 떠났다
아직도 사랑이 필요한데
햇빛 좋은 봄날이 서러워 탈색은 가속하고
이러단 바래지면 5월 바람에 사라질지도 모른다
다시 물오르고
연둣빛 색들이 서서히 태어나고
짙게 초록으로 무럭 키워 줄
사랑 한 자락이 필요하다
사랑주고 사랑받고 싶다
그 때 5월 이전의 사람이 그립다

오월에 피는 꽃들은
이경희

제비꽃 금낭화 아까시나무
오월에 피는 꽃들은

민들레 할미꽃 수레국화
당신을 닮았습니다

찔레꽃 괭이밥 토끼풀
당신을 닮아서

해당화 수수꽃다리 은방울꽃
다 눈물이 납니다

바람의 노래
이강수

햇빛 고운 봄의 울타리

죽으려고 찾아든 자리

담배 한 개비

간절하다

죽어야 말을 할 수 있기에

내 발로 길을 물어

내 눈으로 한 발짝씩 더듬어 올랐다

하늘이 맷돌로 내려 앉아

갈고 엎고

또 갈아 대도

죽어서 전해야 할 말이 있었다

나의 마지막 말이

바람을 타고

살아 있는 자에게

즐거운 각성으로 귀를 열고

시뻘건 들판을 메운 보리싹으로

노래를 채우고

쑥대 밑에서 보스라진들

죽어서 진정 살아가는 모습이

아프지만은 않은 것을

누구나 아프니까

배효영

누구나 다 아프다
그래서 살 만한 거다
나만 아픈 거 아니니까

네가 안고 있을 그리움도
내게 맺혀 있는 서글픔도
이렇게 얼버무려진다

이제와 무슨 소용이겠냐
쓸 데 없는 미안한 눈물은
바람에 흔적없이 실려갈 뿐

술의 노래
유채원

누구나 술잔을 기울이며 거하게 취하고 할 말 못할 말 못 가려가며 내일이 오늘이 되는 순간을 맞이한다. 그리고 거한 술잔에서 우리는 속을 게워낸다. 비워내지 못하면 내일을 볼 수 없는 듯, 그들의 모습은 처절하다

속에 가득 차오른 부정적인 것을 비워내기 위해 우리는 술잔을 기울일 테다.한 잔, 한 잔 들이키고 들이키고, 마침내 통과의례를 마치고 당신 속에 가득 찬 슬픔은 가로등 깊은 빛과 포장마차가 뱉어내는 열기의 축하 속에 세상으로 나온다.

이 땅 위의 모두가 같이 술잔을 기울일 사람이 있다면 세상은 밝아질까, 정말 사람같은 사람이 우리의 잔을 위로해줄까

홀로 잔을 채우는 이 밤은 괴롭기만 하다. 쓰디 쓴 잔 어느 곳에도 구수한 향, 노오란 향은 없다

어디 누구 나에게 진하고 구수한 술 잔 하나 채워줄 이 없는가, 각박한 세상에 쓰디 쓴 잔만 늘어가니, 아아 달 비치는 모습에 조금이나마 그 향 빛나는데 달은 지고 해가 뜨는 새벽이면, 다음 밤이 올 때까지 나는 잔을 채우지 못하고 기다릴 뿐이다

노란 봄날을 그리며

고인자

언덕배기 둔덕

개나리는 그새 촘촘히 노란 리본을 매달았습니다

질퍽한 늪바닥

산수유는 한껏 조알곡 꽃잎을 퍼뜨려 놓았네요

잔디밭 후미진 모퉁이엔

노란 민들레가 멋쩍게 그저 미소만 짓고 있습니다

마냥 잘났다고 허위대고 거들먹대는 시절에

노란꽃들은 냄새도 티도 없이

그지 봄날의 따스한 햇살에 고마운 향기만 살짝 드러냅니다

님은 이런 노란꽃이셨습니다

나는 그런 노란꽃을 좋아합니다

나는 늘 노란 봄날을 그리워합니다

상록수
이선윤

어렴풋이 동 트는 하늘에
굵은 비가 떨어지기 시작하고
처마 끝에 매달린 물방울은
끝내 하나 둘 아래로 아래로
비바람을 견디다 못한
연약한 노란 꽃이 지고
저 멀리 바위산 너머로
빗소리에 슬피 우는 부엉이
애처로운 벼이삭 사이로
주인 잃은 밀짚모자 하나
숨소리가 사라진 고요한 마을
질척한 발자국만이 길을 채우고
먹구름은 걷힐 생각을 않는데
새어나오려 안간힘 쓰는 한줄기 빛
눈물로 가득 잠긴 그 곳에
홀로 푸른 빛 잃지 않는
상록수 한 그루

겨울 같은 봄

장경수

겨울 같은 봄

봄이 되어도 이제는 겨울 같아

겨울엔 몸이 추워지고

봄에는 마음이 추워서

우리의 마음은 꽁꽁 얼었습니다.

우리의 마음에 따스한 손을 대 주시던 님은

얼음으로 만든 창에 맞아서

높은 바위에서 얼어버린 나머지

우리들은 우리들끼리 차가워져 가고 있습니다

우리만을 바라보신 태양보다 따뜻한 님이 있었을 때

사계절의 겨울도 마음 속의 우울함도 녹았었죠

예전엔 말 한 마디에도 나온 태양처럼 따스한 입김은

우리 귀에서 잊혀졌죠

귀와 마음이 차가워서

난로를 사도 소용이 없고

봄이 와도 태양은 바람의 차가움보다 약합니다

얼어버린 차가움을 다시 한 번 녹여주신다면

봄에는 가장 큰 무지개를 볼 수 있을 텐데

거울 앞에서

김기우

손톱을 깎는다
샤워를 하고
깨끗이 면도를 마친다
옷장에 검은 정장을 꺼내 입고
거울에 날 비춘다
오늘만큼은 가장 단정한 모습으로

며칠 동안 삼가했던 외출
현실을 마주할 용기가 없어 분향소도 못 간 겁쟁이지만
오늘은 그분을 보내드려야 하기에
정말로 보내드려야 하기에

그분에게 띄울 노란 편지를 주섬주섬 챙기고
마지막으로 미리 준비해둔 노랑넥타이를 맨다

과연 괜찮을까
너무 튀는 게 아닐까
막상 거울 앞에 주저하게 된다

분명 대문을 나서자마자 질질 짤 텐데
검은 정장에 노랑넥타이를 매고 질질 짜며 걷는 사람을 보면서
사람들은 뭐라 생각할까

썩을 것이 썩고 썩지 않을 것은 제 주인을 잃고 온 세상에 퍼져
그분은 그렇게 부활하고 싶었던 것일까

오늘 그 분을 노란 내 가슴 속에 담아둔다
그리고 꽉 조여 맨다
쪽팔리지 않는다

나는 노무현이다

언제부턴가

박무

박초바람 부는 날엔
노란 팔랑개비 가득한 그곳이 생각나요
언제부턴가

는개 오는 날은
쇳녹 냄새 배어나는 그곳이 떠올라요
언제부턴가

돌아오는 매 그날 작렬하는 정오 햇살은
서슴없이 내리 저며요 내 심장을
언제부턴가

그리고 볼 때마다 늘 어디서건
노란 민들레가
낡은 밀짚모자가
허드레 자전거가
가던 걸음 멈추게 해요
언제부턴가

언제부턴가
세월 가도 전혀 옅어지지 않음을 알게 됐어요
그리움이
아프고 슬픈 것이

이 모든 것이 한낱 부질없기도 하지만
결코 버릴 수도 잊을 수도 없는 연緣이라고
언제부턴가
상처 되어 가슴깊이 이로새겨 있어요

스스로 산이 되어버린 당신
이희경

2002년 4월 27일 대통령 후보 수락연설 후
"그런데 이제 여러분은 뭐 하시지요?
저는, 또 이기고 여러분에게 약속했던 일을 할 겁니다
그런데 걱정 됩니다
저는 할 일이 많은데 여러분은 제가 대통령 되면 뭐 하지요?
여러분 말고도 흔들 사람, 뒤통수 칠 사람, 앞 길 막을 사람 꼭 있습니다
감시 좀 해주세요
흔드는 사람들도 감시 좀 해주세요"

큰 산 노무현의 오직 하나의 당부
감시 좀 해주세요……
그 부탁을 들어 드리지 못한 마음의 빚은
나무 밑둥에 박힌 옹이가 되어
해마다 5월이면 열병처럼 일어난다

정작 자신은 흔들어도 흔들리지 않는 당당했던 큰 산
"난 봉화산 같은 존재야. 산맥이 없어. 담배 하나 주게……"
마지막 말을 남기고
스스로 봉화산이 되어버린 당신

정의를 말하고 불의에 항거하는, 깨어 있는
작은 봉화산들의 외침은
이제 스스로 산맥이 되어
메마른 들판에 휘몰아치는 불길처럼 번져나간다

5월의 열병 끝에 타는 목마름으로
그를 불러본디
들.리.십.니.까?

흰나비

장은애

띵―동
현관문 구멍 안에는 그, 할아버지가 색소폰을 들며 서 있다
나는 문을 열고 할아버지의 손을 잡고 밖으로 향했다
그 손은 너무 따뜻하여 난 아버지가 보고 싶어졌다
밤거리는 고요했고 주홍빛 가로등들이 홀로 길을 알렸다
우리는 텅 빈 놀이터에 왔다 밤바람에 그네가 슬슬 움직였고
할아버지와 나는 그 그네에 앉았다
할아버지가 색소폰 연주를 시작했다
그는 색소폰을 불며 자신의 젊은 시절들을 보여주었다
밤하늘. 별. 바람의 멜로디를 통해서
그가 살아온 인생의 장면들을 보여주었다
그의 삶은 상처의 피로 뒤덮였고 외로이 그 피의 무게를 견뎠다
평범하지 않았고 평범한 사람들을 위해 사셨다
눈물을 흘렸으며 웃기도 화내기도 하셨다
마지막은 몸이 찢기는 고통을 참으며 색소폰을 부셨다
할아버지 삶의 영상을 보며 난 부끄러웠다
'보고싶어요'
할아버지는 그네를 힘차게 밀었다

더 높이, 더 높이 그네를 탔다

나는 더 높이 그네를 날리기 위해 그의 등을 힘껏 밀어주었다

그네가 최고로 멀리 난 순간

그도 날아갔다

밤하늘 멀리 멀리 날아가버렸다

그리고 하나의 별이 되었나

별은 강한 빛을 내뿜어 눈을 뜨기 힘들었다

눈 부서 눈물이 쏟아졌다

텅 빈 놀이터에 이제 할아버지는 없다

다시 집으로 돌아가는데 하얀 나비가 나를 졸졸 따라다녔다

당신의 미소
지창영

오월의 햇살은 당신의 미소입니다

밀짚모자 아래에서 빛나던 당신의 미소가

오월의 햇살로 찬란히 빛을 뿌립니다

밤마다 거울을 받쳐들고 웃음을 지어 보지만

도무지 당신의 미소를 닮을 수 없어 하늘 보기가 서럽습니다

영정사진 속에 미소만 남겨 두고 훌쩍 떠난 당신

그 웃음을 돌려 드리자고 그토록 다짐했건만

해와 달이 바뀌도록 우리의 웃음은 강물이 되지 못해

당신의 바다는 멀기만 합니다

주름진 얼굴에 깃들던 천 개의 미소

그 속에는 남몰래 흘린 눈물이 배어 있음을 미처 몰랐습니다

낯선 땅에서 고생하는 어린 군인을

자식처럼 끌어안으며 함박웃음으로 힘을 주셨고

돌아오는 차 안에서 홀로 눈물을 훔치셨습니다

홀로 검찰청사를 나와 봉하로 가는 버스에 오를 때

입술을 꼭 다문 웃음을 우리는 그저 자신감으로만 읽었습니다

그 미소에 깊은 고독이 배어 있음을 미처 몰랐습니다

"나로 말미암아 여러 사람이 받은 고통이 너무 크다
앞으로 받을 고통도 헤아릴 수가 없다"

잔잔하게만 보이던 미소의 바다 깊은 곳에서는
늘 파도가 일렁이고 있음을 미처 몰랐습니다
당신의 미소가 그리워 사신을 보나가
당신께 드린 약속이 생각나 거울을 봅니다
웃음을 지어 보지만 어쩐지 금방 일그러지는 얼굴
강물은 고사하고 속이 훤히 들여다보이는 개울물 같은 미소
돌아서면 금방 사라질 몇 푼짜리 짧은 웃음만 비칠 뿐
강물이 되기에는 너무도 부족하고 소리만 요란합니다
당신의 미소는 대한민국의 미소였습니다
"야, 기분 좋다!" 하시며 그토록 해맑게 웃던 당신
5년간의 짐이 그토록 무거우셨습니까?
농사꾼이 되어 그토록 자유롭던 당신
그 행복한 미소가 영원할 줄 알았습니다
이제는 사신으로만 볼 수 있는 당신의 미소

노란 풍선, 노란 종이비행기의 물결 속에서
당신은 역시나 웃고 계십니다
당신의 미소를 닮을 수 있을 것 같아
다시 거울을 봅니다
눈가에 맺히는 이슬을 머금고 다시금 웃어 보렵니다
당신이 그랬듯이 얼굴 가득 주름 깊은 고뇌를 품고 웃어 보렵니다
이제 서러움을 거두고 당신의 미소를 대신하렵니다
오월의 햇살은 당신의 미소입니다

꽃, 비틀거리는 날이면
박미림

거문고 별자리 그날 이후 보이지 않는다

하루 치 분량 먼지가 무표정하게 앉은 날

한 통의 편지 당신이 떠난 후 쓴다

당신과 우리 사이에 남아 있는 인연에 대해

어쩜, 이 편지는 먼 훗날에나 읽을지도 모른다

드문드문 소등을 준비하는 새벽 어스름

삐걱거리던 낡은 의자에 앉아 저승과 이승

오가는 길 없을까 생각한 적 있었다

당신도 그날, 저승과 이승 수없이 오갔으리라

처음 사랑할 때 뜨겁게 달궈진 심장

쿵 내려앉아 터진 아침

누구도 밥 한 수저

목으로 넘길 수 없다는 것을 알면서도

딩신만은 일어붙은 거울 깅 온전히 긴니길 바렀다

볕 드는 양달의 가슴을 모질게 쪼아대던

무지한 사람과 사람 몸에 박힌 가시

묵정밭의 몹쓸 돌을 끌라내길 바라던 무수한 기원

그 남상에 산수유 꽃 다시 핀 봄이다

검은 리본 주둥이를 문질러버리고 싶은

환장하게 좋은 날, 비.틀.거.리.는 봄이다

피안화

강동연

차가운 공기와 어두운 꽃잎조각
하염없이 헤매다 희미한 불빛을 발견한다

숨막히는 아름다움과
치명적인 몽환의 숲으로
천천히 천천히 걸어간다

함께 할 수 없는 너와 나
무언의 약속을 떠올리며 가벼운 미소를 짓는다

호젓하게 가지런한 붉은 향기
어제의 나와 내일의 너를 바라보며
어둠 속으로 사라진다

이루지 못한 사랑, 그 어질한 그리움에
희미한 불빛 속 꽃잎조각을 흩뿌린다

낙화落化가 되어 지다
권수복

그날은
그의 여정의 뒤안길처럼 번개치고 폭우가 내렸어라
그의 영혼은 섧은 하얀 나비되어 지상을 맴돌고

칠흑같이 어두운 밤
그의 눈물은 붉은 초승달로 떠오르며

다음 날, 그의 날개 짓은 하얀 비둘기로 퍼덕이다
그의 질곡 많은 삶의 자취는 오색 채운되어
서쪽 하늘로 펼쳐지고

떠나던 날의
광장에 물결치던 풍선과 비행기처럼
이 봄
노오란 개나리는 온 대지에 피었는데
3년전 봄
그는 낙화落花가 되어 지다

바보처럼

나는 그대를 보내지 못한다

홍전식

그대 꿈꾸던 세상
사람 사는 세상이 내 눈앞에 보이지 않는 한
나는 그를 보내지 못한다

그대 꿈꾸던 원칙과 상식이 통하는 사회가 보이지 않는 한
나는 그를 보내지 못한다.
그대 꿈꾸던 차별 없는 세상이 보이지 않는 한
나는 그를 보내지 못한다

그대 꿈꾸던 반칙과 특권 없는 세상이 보이지 않는 한
나는 그를 보내지 못한다

나는 보고 싶다
함께 사는 세상에서 사람답게 살아가는 이 땅의
사람들이 함께 웃는 세상을 보고 싶다

나는 보고 싶다
분단의 장벽을 넘어
더 이상 전쟁의 공포로부터 자유로운 평화로운 나라를 보고 싶다

그대와 우리가 함께 꿈꾸는 자유롭고 정의로운 나라가
이 땅에 세워진 날 나는 그를 보낼 것이다
내게 살아 있는 그대

고운 햇빛으로 내려와

공길홍

홀연히 뒷산 넘어가는 구름에
세상 발치에 놓일 숨소리 없어
아리는 가슴 소리 하늘에 놓습니다
— 그 놈아, 노란 풍선 두둥실 떠오르는데

아물 만한 상채기도, 찢어진 윤기도
괜시리 돋는 그리움으로
새로운 그리움으로 잊고 지냈습니다
— 그 놈아, 자전거 페달 밟을 만큼 자라는데

밀짚모자에 담은 웃음은 고운 햇빛으로 내려와
여전히 5월의 눈물들을 쓰다듬고
이제와 보니 죽음은 죽음 너머에 있습니다
— 그 놈아, 논두렁에 바투 내린 풋내 그대로인데

날개를 버린 새
옥효정

한 바보가 소리쳤어요. 우리 아이들에게 불의와 결코 타협하지 않아도 성공할 수 있다는 하나의 증거를 꼭 남기고 싶었다고. 그날, 창공을 자유롭게 날던 날개를 미련 없이 던져 버렸어요. 사람 사는 세상 만들겠다며 남들 좋아하는 샛길 마다하고 어깨 펴고 먼 길 달려오느라, 두 발은 언제나 물집 투성이었지요. 날개가 있다고 비아냥거리고, 날개가 없다고 손가락질하고, 날개를 버렸다고 비웃고, 날개를 숨겼을 거라고 수군거리고. 흔들리지 않았어요. 원칙과 상식의 걸음은 계란으로 바위를 깨뜨릴 수 있다는 것을, 정의가 승리하는 역사라는 것을, 삶으로 보여 주었어요. 가슴마다 파문이 일었어요. 노란 풍선이 하늘을 수놓기 시작했어요. 감동의 눈물이 단비처럼 내렸어요. 다시 날개가 돋았어요. 국민이라는 오색찬란한 날개가. 행복했어요. 함께 날 수 있어서. 꿈을 이룰 수 있어서, 희망을 노래할 수 있어서, 그 날개 아래 쉴 수 있어서. 이제는 알아요. "너무 슬퍼하지 마라. 삶과 죽음이 모두 자연의 한 조각 아니겠는가? 미안해 하지 마라, 누구도 원망하지 마라"며 날개를 내려놓고 구만 리 먼 길 떠난 이유를. 우리 아이들은 지금 불의와 결코 타협하지 않아도 성공할 수 있는 하나의 증거를 따라 가고 있어요. 원칙과 상식이 통하는 세상을 향해 깨어있는 시민, 행동하는 양심으로 자라고 있어요.

바보아빠

임 원

사람들이 뒤에서 자꾸 수군거린다
— 그 사람은 바보야
사람들은 이제 드러낸 채 아버지를 모욕한다
— 당신은 바보 멍청이야
나는 어쩐지 사람들보다 당하는 아버지가 미웠다
그래서 사람들이 말하는 '바보의 집'을 떠난다
나서는 길에 문득 떠오르는 아버지
재산을 뜯어내고 달아난 탕자를 기다리는 아버지
착하고 착한 자신을 미워하는 아들을 사랑하는 아버지
나는 빠르게 돌이켜 탕자의 아픔을 줄인다
그런데 나에게 남은 건 탕자의 해피엔딩이 아닌가 보다
반갑게 맞아 줄 아버지는 슬퍼하지 말라는 말을 남기고 떠나버렸
다
바보야 바보야 바보야
나는 바보처럼 평생을 울어야 한다

죽어야 산다
송은영

보름달을 향해
직선으로 날아가는
크고 검은 부엉이를
아무도 보지 못했다

새벽은 먹통이다
누가 산산이 부서지고
갑자기 숨어 멎는다
우수수 감꽃도 떨어진다

생이 너무 아파서
아픈 살 점 한 조각
누구에게 보시하려 하였던가

아무 일도 없었다는 듯이
날이 새고 아침이 왔다

어둠 속에는 길이 없는데
죽은 바람이 더 선명하게 살아났다

우리는 기어이 봄이 된다
서성훈

꿈이었나
꽃잎이 아득히 흩날려 떨어진다
봄인 줄 알았더니
아직은 눈도 오고 바람이 차다
추운 벌판을 헤매고 다니는 나는
종일 기침을 해댄다
고단하여 누운 차가운 땅 위에서도
피 같은 설움은
가슴을 가득 채운다

너와 나는
이방인처럼 돌아서서 떠날 채비를 해야 하나
자전거 뒤에 어린 손녀를 태우고 쌩쌩 달리던
힘없고 가난한 할아버지는
어디로 갔을까
꽃잎들마저 차가운 바람에 몰려가면
먹먹하던 웃음소리조차 이젠
희미하다

하지만 엎드러진 내 귀에 선지자의 피를 마신 땅이
그리고 만들레, 아!
노란 민들레가 말을 건넨다
봄은 이미 그 땅으로부터 오고 있다고
거친 숨 몰아쉬면서
원수들이 뿌려놓은 가시와 잉겅귀 사이로
봄은 지금 냉이처럼, 쑥처럼 유쾌하게 일어서고 있나고

꿈을 꾼다
봄은 엎드러진 자들의 것, 가난한 자들의 것, 남루한 자들의 것
하지만 결코 비루하지 않은 자들의 것
동서남북에서
절대로 바람에 쓰러지지 않을 수많은 풀들이
할아버지들의 웃음소리처럼
이 바람 부는 광야로 힘차게 달려온다

꽃이 필 아이들의 손을 꼬옥 쥐고
나는 봄을 기다린다

싸워야한다

조명호

잊었다고 생각해 일상의 숨을 가쁘게 내쉬면서도
어디선가 들리는 당신의 목소리에 급하게 고개 돌리면
5월의 바람에 묻어오는 당신의 목소리
"야… 기분 좋다!"
컥컥컥 소리 내어 울어도 울어도
텅 빈 가슴 북이 되도록 시퍼렇게 치고 또 치고
내딛는 걸음 걸음 붉은 소리 질퍽거려도
답답한 세상 지쳐가는 검은 눈두덩
미친 소처럼 헐떡거리는 내 목구멍에서 나오는 작은 발성
싸워야 한다
희망이 있다면 싸워야 한다
그것이 내가 살아 있는 이유이다
"야… 기분 좋다!"
5월의 바람에 묻어오는 당신의 목소리
다시 고개 돌려 일상의 숨을 가쁘게 내쉬면
검은 눈두덩에 흐르는 하얀 눈물
그래도
그래도
그래도 싸워야 한다
그것이 당신이 아직 우리 곁에 살아있는 이유이다

그가 꿈꾸던 나라

오영숙

원칙과 상식이 통하는 세상

권력도 투쟁도 착취도 억압도 없는

온 몸으로 꿈꾸었던 한 사람

스스로 과녁이 되어

환영처럼 꿈처럼

작은 핏방울 하나 거짓말처럼 남은

그가 없는 오월, 그를 보낸 나라에서

그가 이루지 못한 사람 사는 세상을 그립니다

아재야 바보 아재야

조종호

앞산도 뒷산도 첩첩한 인생길 살아온 바보 아재야,

온 세상 궂은일 마다 않고 늘 묵묵히, 그냥 웃으며 양 어깨에 한 평생 무거운 지게 짐 지고 살아온 바보 아재야,

무명 베적삼 사이로 시퍼렇게 멍든 어깨 보일 적이면 세상일 하면서 이런 상처 당연한 거라 바보처럼 가슴으로 얘기하던 우리 바보 아재야,

푸른 어깨 멍이 내려 앉아 뜨거운 심장 속으로 멍이 들어 후벼 파여도 아재는 세상 사람들에게 늘 괜찮다고 했는데, 그래서 세상은 그런 줄만 알았는데……

그해 오월, 초여름 얇은 이슬을 밟고 아재는 새벽길 떠났네. 태어나서 자라고 세상이 외면할 때 아재를 품어 주었던 마음속 부엉이 바위서, 봉두난발 날리며 가슴속 한평생 홀로 담고 살았던 아픈 멍에조차도 부담스러워 우리에게 주지 못하고 갖고 떠난 바보 아재야

잘 가라 아재야! 그곳에 잠시 쉬었다가 안고 간 멍에가 산화되어 이곳 사람 사는 세상이 되면 다시 보자 아재야. 산화에 억겁의 시간이 걸리더라도, 꼭 다시 보자 아재야! 우리 바보 아재야!

새벽도 아닌데
최무니

누가 운다
새벽도 아닌데
이슬이 떨어진다
제 몸에 묻은 이슬 털어내느라 그런가
유난히 고개를 숙였다
머리가 아프다
네 기억은 그것뿐인데
용기 없어 웃은 것뿐인데
내버려 두거라, 그래야 神의 세상으로 가는 것
순간 나무가 그를 삼켜 버렸다
그대 행복하시나요?
내 행복이 많이 남았다면
한가득 퍼주고 살짜기 고개를 숙이겠지만
죄송하다 할까 용서하시라 힐까
둘 다 같은 마음이어라

세상에서 먼 가장 먼길을 돌아
최일걸

부엉바위 위에서
비통한 심정과 결연한 의지로
지그시 허공을 내딛었던 두 발이
힘차게 자전거 페달을 밟자
봄볕이 환하게 길을 열어젖힙니다
급하게 밑줄을 긋는 자전거
두 바퀴 속에서
사람 사는 세상
우리가 기어이 가야만 하는
세상이 빙글빙글 맴을 그립니다
바큇살에 손녀의 해맑은 웃음이 걸립니다
자전거에 매달린 작은 수레에 손녀를 태우고
이처럼 신이 나서 페달을 밟는 그도 웃습니다
아마도 사랑하는 손녀를 태우고
세상 끝까지 가고 싶었을 겁니다

세상이 그의 주검 앞에 엎드려 고개를 숙일 때
오히려 고개를 들고 조막손으로
승리의 V를 펼쳐 보였던 어린 손녀만은
알고 있었던 겁니다
세상에서 가장 먼 길을 돌아
할아버지가 놀아오고 있음을……
사람 사는 세상을 향해
온몸을 던진 그가
살 오른 듯 탱탱한 자전거 바퀴를 굴리며
우리 곁으로 돌아오고 있음을……

5월의 꽃
엄덕열

이 산하 이 겨레 이 세상 사람들에게
잊혀지지 않은 2009년 5월 23일, 당신은
우리 곁을 떠나고 한 송이 꽃으로 피었습니다

고마워요, 미안해요, 일어나요, 노무현!
이렇게 노래하고 사랑하는 사람들이
이 땅에서 당신의 꽃향기를 기억합니다

사람 사는 세상에 부엉이가 울던 바위에 올라
좋은 나라 좋은 세상 만들기 위하여
정의를 실천하고 소원하며, 벼랑 끝에
한 송이 몸꽃으로 피었습니다

남들이 잘못된 법과 질서 앞을 무심코 지나칠 때
당신은 당당히 거대한 바위와 맞서
당당한 눈빛으로 다가와 온몸으로 희망을 주었던 분

학력 차별, 지역 편가르지 않고
빈농의 들녘을 넉넉히 살아가는 사람들 틈에서
막걸리 한잔 나눠 마실 줄 아는 옆집 아저씨였지요

아직 당신은 우리 곁에 남아 저녁 연기 피어올리며
모닥불 앞에 나와 앉아 온기를 쬐는 사람들 속에서
온기로 타고 있는 불꽃입니다

당신은 지금 어느 하늘 아래서 아직 눈 뜨지 못한
어느 별나라 언덕 마을 사람들을 내려다보며
타는 목마름의 기억과 새 희망을 노래하는 별꽃입니다

노랑바람개비

류준열

봉하 가는 길 늘어선 노랑 바람개비만 도는 게 아니라, 하늘과 땅마저 빙글빙글 돌리고 있어, 발길 내디디며 나가기 어지럽다. 내가 어지러운 게 아니고, 바람 불고 비 내리는 스산한 풍경이 어지러운 게다. 어디서 왔는지 알 수 없는 우산 차츰 거세지는 물결 이루며, 무거운 표정과 착잡한 가슴으로 우산 행렬 너울너울 끝없이 이어지다. 하늘과 땅만 젖는 게 아니라, 하루 내내 이어지는 무거운 발걸음까지 촉촉하게 젖어든다. 빗물에 젖은 노란 풍선과 리본, 노란 우의 입은 사람들, 세상은 온통 노란 물결로 출렁거린다. 가슴 먹먹하게 다가오는 애도의 노래, 그리움 절절한 추모의 노란 물결 노란 슬픔, 부엉이 바위 아래 돌바닥 퍼질고 앉아 출렁거리는 낯선 풍경만 넋 놓고 바라보다. 무상 하나 가슴 가운데 돌덩이처럼 무겁게 얹힌다. 노란 세상 그치지 않고 끝없이 흘러내리는 게 빗물인지 눈물인지 알 수 없는 오후 한 때, 옷도 축축하게 젖고 가슴도 먹먹하게 젖는다. 조화 둘러싸인 고인돌 가는 길, 추모와 그리움 총총히 박힌 박석薄石 긴 통로 되어 발아래 반짝거린다. 소담스런 사연 밟고 가기는 가야 하는데 발길 떨어지지 않는다. 걸음걸이마다 글자 하나하나 메아리 없는 외침 되어 허공에 떠도는데, 노랑 바람개비 슬픔과 그리움 모르는 듯 온 세상 돌리고 있다. 말 많고 탈 많은 어수선한 세상 돌다보면 똑바로 돌아가겠지. 어지러워도 좋으니 강한 바람 불어와 바람개비 세차게 돌아가면 좋으련만

104

노공이산을 살다
한창민

작지만 높은 산이 있다
면면히 등성이 이어이어
작지만 높다랗고 미련한 산이 숨 쉬고 있다
고단한 산은 청량한 희망을 살고 있다
소탈한 미련퉁이산을 멀뚱거리는 사람들 있다
아련한 희망 한줌 모아모아
굽이치는 바보산에서 작은 희망을 걸고 있다
단단한 우공들이 노공이산에 살고 있다
버리고 버려도 채우는 것이 있다
오늘도 노공이산은 거기에 있다
내일도 우공들은 뚜벅뚜벅 노공이산을 걷는다
끝내 슬픈 땀 매어 문 노란 풍경이 살아 있다

누에선충병, 누에는 모른다

이응률

누에는 작은 알에서 깨어나 네 번 허물 벗기를 하는 스무닷새 동안 일
만 배로 자라난다. 제 몸 속 것을 일천오백미터가 넘는 실로 죄다 꺼내
집을 짓고 죽은 듯 틀어박혀 날개 펴는 어른벌레가 된다. 네 닷새 동안
날개를 떨며 오백 개쯤 알을 낳고 세상에서 기꺼이 사라진다

그런데 말이다
알을 깬 연가시애벌레가 누에 몸을 뚫고 들어가면
누에 몸은 푸르게 푸르게 깊은 바다 색깔을 띠면서
일반 배로 자라야 할 몸은 점점 길이가 짧아지고
뽕나무 뽕잎에서 떨어진다
거물거물 죽어가는 누에 몸에서
싱싱한 연가시가
꿈틀꿈틀 살아나온다
죽어가는 누에는 모른다
엄청난 식욕으로 뽕잎을 갉아 먹으면서
허물을 벗으며 커야 할 자신이 점점 작아진다는 걸
모르기에 하얀 집도 짓고
번데기가 되면 누에나방이 될 것이었는데
아주 먼 고약한 옛날에 자신의 몸을 뚫고 들어와
날마다 자라고 있었던 연가시를

그런데, 그런데 말이다
잠을 깬 어린 그리움이 아비의 그리움을 뚫고 들어가면
아비는 제 몸이 검푸르게 되면서 점점 길이가 짧아지는 것도
모르고
나락으로 떨어지는 것도 모르고
죽어가는 것도 모르고
아무 것도 모르는 그 봄에서
어린 그리움만 꿈틀꿈틀 살아나온다

오월의 주름

김승은

눈부시도록 아름다운
5월의 하늘을 올려다보며
뜨거운 눈물을 담아 한 줄
보고픈 마음을 담아 한 줄
그리움을 담아 한 줄
노짱님 이마의 주름을 그려 봅니다

형형색색으로 찬란한
5월의 지상을 내려다 보며
미안함을 담아 한 줄
정을 담아 한 줄
애달픔을 담아 한 줄
노짱님 마음의 주름이 늘어 갑니다

굽이굽이 주름층이 늘어가는
대한민국 5월의 봄이
눈부시도록 찬란하게 뜨거워져 갑니다

그런 날을 위해
 맹문재

한반도의 전쟁을 반대하고
평화 협정을 촉구하는 기자 회견을 연다고
메시지 연락이 왔네

경찰이 대한문 분향소를 침탈했기에
규탄 촛불 집회를 연다고
또 연락이 왔네

많이 참석해달라네

언제까지 이렇게 싸워야 하나
환갑이 되어도
칠순이 되어도 싸워야 하나

한반도의 전쟁을 막으려고
분향소를 되찾으려고
촛불 집회를 연 적이 없던 시대가 있었지

그런 날을 위해
니는 광장에 나간 것이네

담배 있나

이빈섬

담배 있나 물었다
없습니다 가져올까요 대답하자
아니 가져올 필욘 없어
중얼거렸다
바위 침묵이 흐른 뒤
다시 말했다
저기 사람들이 지나가네

내려가는 길은 올라온 길이다
오는 길은 깔딱고개
가는 길은 벼랑
잠 못 든 부엉이 운다
돌아보면 추격하는 이승
내딛으면 추락하는 저승

고치고 고친 문장들이
목 뒤의 옷깃처럼 자꾸 스쳤다
스스로를 선고한 운명에 서서
억울한 낱말 몇 개 다시 고치고 싶었다

담배 있나

고향에 마악 내려갔던 그가
찍어보낸 근황은
슈퍼 시골아저씨 담배 피는 모습이었다
삐딱하게 한 개비 소나문 얼굴엔
숨돌리는 한 사람이 있었다
야심만만한 의원 시절
투쟁 노동자와 나눠 피던
그 맛과는 다른 무용담 한 모금
이건 참 맛있는 삶이었다

귀향의 자리에서 다시
조금 디 먼 곳으로
귀향을 하는 그 시간
담배가 땡겼다
굳이 가서오라 하지는 않았다
인생이 꼭 맛있을 필요 있는가
삼켰다 뱉으면 연기 한 올
무너지는 육신에 미안해하며
영혼을 구름에 망명시키고 싶었다

저기 사람들이 지나가네
저기가 여기였고 여기가 저기였다
원래 바람이었는데
바람 타고 다닌 풍문이었는데
바위 아래로 날아가는 동안
아주 느린 속도로 착지하는 동안
돌을 쪼아새긴 신탁神託같이
굳은 예언이 되었다
어디서 갑작스레 몰려나온 사람들인지
벼랑 아래 바글바글
사람들이 진짜 지나간다
한 사람 지나가는 동안
많은 사람들이 지나갔다
생도 지나갔고 죽음도 지나갔다

담배 있나
부연 새벽 벼랑에 섰던 사람
푸석한 얼굴 하계를 내려다보며
그렇게 혼잣말 한 바람
바람이 부는 동안

무정한 당신
심종록

석양을 어깨동무하고 한 병 깠습니다 한 병이 새끼를 치더니 두 병이 되네요 당신 때문입니다 나는 아무런 죄 없습니다 봄날의 석양과 어깨동무한 것이 죄라면 할 말 없습니다 그냥 달게 받겠습니다 나는 견디려고 애썼습니다 잊으려고 작정했습니다 봄날의 석양과 어깨동무 하는 순간 떠난 당신이 떠오르는데 어쩌겠습니까 두 병이 세 병이 되더니 네 병이 됩니다 자꾸 새끼를 치더니 이제 다섯 병입니다 5는 체념의 숫자라던데…… 취했습니다 당신을 그렇게 보낸 내가 죄인입니다 할 말 없습니다 화냥년 같은 이 봄날 저녁의 석양이 나를 자꾸만 꾸역꾸역 울게 합니다 석양의 입술을 더듬는데도 자꾸만 당신이 떠오릅니다 참으로 무정한 당신

노공이산 盧公移山

권수진

운명이라고 했다
나로 인해 고통 받는 사람들의 불행이 너무 컸다
이른 새벽 유언장을 짧게 작성한 뒤
부엉이 바위를 향해 묵묵히 발걸음을 옮겼다
천 길 벼랑 끝에 쪼그려 앉아 봉하마을 내려다보며
빛바랜 옛 생각을 하나둘씩 정리했다
편백나무 숲길에서 상쾌한 바람이 불어왔다
갑자기 담배를 피우고 싶어 호주머니를 뒤졌지만
미처 챙기지 못해 그만두었다
그 동안 건강상태가 별로 좋지 않아
아무것도 할 수 없는 처지였다
책을 읽을 수도 글을 쓸 수도 없었다
너무 많은 사람들에게 신세를 지며 살다보니
남은 인생이 무거운 짐처럼 느껴졌다
문득 삶과 죽음이 모두 자연의 한 조각 같았다
먼 옛날 노풍이 나를 불러 세웠듯이
한 세상 바람처럼 왔다가 바람과 함께 사라지는
세상의 이치를 뒤늦게 깨달았다

늘 국민들께 죄송한 마음 가눌 수 없어
초야에 묻혀 농부로 여생을 조용히 마감하고 싶었지만
욕심이 지나쳤는지 뜻대로 되지 않았다
지금 이 시간 이후로 누구에게 미안해하거나
누구를 원망하지 않기로 했다
다만 허락된다면 시신 따윈 화장시키고
집 근처에 아주 조그만 비석정도 남긴다면
더 이상 바랄 것은 없다고 했다
그 해 오월은 유난히 지천으로 개나리꽃이 만발했다
그 날 이후 해마다 봄이 오면
꼭 한 번은 가슴 뭉클한 속병을 앓아야만 했다

나는
방주연

달려갔습니다

대한문 앞에서 올려다 본 하늘은 잿빛입니다

사람들 눈 속에 당신이 차오르니

눈물이 비가 되어 온 세상을 적십니다

당신은 그렇게 떠나버렸습니다

찾아왔습니다

봉하 마을의 오월은 눈이 부십니다

사람들 눈 속에 당신이 차오르니

그리움이 노란 풍선이 되어 부엉이 바위를 오릅니다

당신을 그렇게 보내야 했습니다

살아있습니다

서울에는 하얀 목련 위로 눈이 내립니다

사람들 눈 속에 절망이 차오르니

당신이 상록수가 되어 노래를 불러줍니다

당신을 그렇게 잊지 않겠습니다

간이역을 지나며
권선희

너무 많은 역을 지나왔다
잠깐씩 머무는 시간마다 숙성되던
목이 긴 저녁이
목마른 삶 위에 서서
눈썹달을 밀고 있다
얼마나 많은 정답을 지났는가
모두가 길이고 모두가 숲인 세상을 돌며
쉽사리 열리지 않는 희망을 두드리며
우리는 얼마나 외롭고 암울한 시대를
밀며 왔는가
그러나
무릎 꿇고 잠들지 않았으니
머지않아 달은 굵어지고
굵어진 달은 만삭의 몸을 풀어
간절한 가슴마다 하나씩 하나씩
희망을 낳을 것이다
나무와 바위가 간격을 좁히고
흰 눈까지 소복이 나리고 나면
바다엔 비늘처럼 돋는 햇살
다시 봄은 필 것이다

부엉이는 언제 노란달을 돌려줄까

김억중

올 봄엔
진달래와 개나리가 무척 예쁘더니
내가 오르지 않은 사자바위
무영無影 꽃은 참으로 낯설구나

매캐한 가난, 소름 돋는 정의
숨 막히는 분노
담배연기 한줄기에 삶이 오롯이 퍼져오고
그 옛날 아내가 속삭인 도스토예프스키는
마음을 따끔거리는 소설이 되겠구나

긴 기다림의 새벽을 지켜오다
노란 달을 삼켜버린 봉하 부엉이
봄 철쭉이 만산을 붉게붉게 통곡한다

노란만장 솟대에 앉은 나비아랑 날갯짓에
온천지 민들레꽃 희롱되는 늦은 오월
민들레 꽃상여가 너럭바위에 내리고

노란 바람개비 흰 국화菊花를 뿌리면
부엉이 바위 아래 노공이산 박석들
일만 오천 사람의 조곡弔哭을 담는다

사람 사는 세상들은 떠나고
깊이 적막 품은 봉하 들녘엔
국화國花향에 취한 민주와 정의
나서지 못한 길에 눕고 또 눕는다

붉은 초승달, 뒤늦은 초혼招魂으로
살오른 봉하 부엉이 날개를 펴야
기분 좋다. 슬피 운다

마음이 깊으면
김정은

사랑이 깊으면

어린 눈으로 올려다 본 커다란 나무처럼

사랑이라는 이름의 든든함에 어느새 자라 있나 보다

마음이 깊으면

어느새 색을 갈아입는 나무처럼

불현듯 떠오르는 기억에 가슴을 쥐며 울게도 되나 보다

아픔이 깊으면

취해야 하루를 보낼 수 있는 마음의 모양으로 아픔이 깊으면

아프다는 단어를 잊은 척 하루 만큼씩만 무뎌지게 되나 보다

너무 깊어서 깊이도 모르고 지내다가

차창 밖에 바뀌어 있는 계절을 느끼듯이

마음속 바닥까지 휘젓는 감정들은

사랑이 깊으면 시간의 깊이에

소용돌이 치는 마음으로도 하루가 살아지나 보다

오월, 초록
남태식

미처 다 피우지 못한 어수선한 조증의 꽃 떨어진 밑자리를 서성이다가, 되돌릴 과거는 기억조차 가뭇한데 벼락처럼 솟은 절벽을 마주하고 울증에 빠진

조증의 시간 오래도록 지켜낼 꿈을 꾸며 동면에 든 뱀처럼 침묵으로 견디다가, 어느 새벽 잠결인 듯 절벽에서 내동댕이쳐져 넝쿨성이로 사라진

술렁술렁 웃으며 푸른 핏줄 불끈 세우며, 우우우 이 오월의 숲에서 초록의 함성 떼로 내지르며 다시 일어서는

사내, 한 사내, 한, 꿈의 사내

왜 그땐

엄윤상

몰랐어
그땐
너의 심장이 왜 그렇게 뛰었는지
너의 분노가 왜 그렇게 아름다웠는지
너의 미소가 왜 그렇게 싱그러웠는지
네가 피워 문 담배는 왜 그렇게 달콤했는지

그리고
수줍은 장다리꽃
노란 미소 드러낼 때
너의 백색 숨결은 왜 그렇게 멈추었는지

부끄러웠을까
아무도 부끄러워하지 않는 세상
홀로
억만 겁 원죄 짊어지고서
부끄러워하였는가

또 다시 5월
왜 그땐
몰랐을까

오라이 오라이 스돕

양혜원

오라이 오라이 스돕
고향 마을 찾아든 관광버스
차 돌릴 데 없어
농로로 들어서서 애먹고 있는데
논에서 일하던 당신
차 뒤꽁무니에서 그랬다지요

오라이 오라이 스돕
뒷거울에 비친 당신, 틀림없는 시골영감
기사 양반 갸우뚱 차 문 열었더니
흙투성이 장화 벗고 맨발로 올랐다지요
두 손 모아 배꼽 인사 드렸다지요
와실와실 전라도 아줌씨들께

쏟아지는 박수 소리, 함성 소리
수줍어 손사래 치며
평범한 농사꾼이라 했다지요
"그라믄 농사꾼은 새꺼리로 막길리 한 진 찌끄리뿌야 힘쓰게잉?"
"맞습니다. 맞고요"

어느 아줌씨가 권하는 막걸리 한 잔
김치 쪼가리 안주삼아 쭉 들이키고는
"막걸리도 최고 김치도 최고"
엄지손가락 치켜세웠다지요

그런 당신, 지금 어디 계십니까?
하늘로 가는 관광버스 타고
당신 혼자 오라이 오라이
그렇게 하늘 구경하고 계시는지요

그런 당신, 어디쯤 가셨습니까?
당신이 그토록 사랑했던
당신의 대통령, 어여쁜 국민들
그리워 차마 못 잊어
주춤주춤 하늘 강 아직 못 건넜겠지요

스돕 스돕 멈춰주세요
당신 혼자 가지 마세요

그 강은 깊은 슬픔의 강
당신의 대통령, 꽃보다 고운 국민들이
독재의 폭압 아래 몰래 흘린 눈물의 강
건너면 다시는
다시는 돌아오지 못할 강

오라이 오라이 당신과 함께
잘 나가던 민주주의
스톱 스톱 멈추지 못하게
빠꾸 빠꾸 뒤로 가지 못하게
돌아와요, 당신

당신의 오라이가 민주주의를 살려내요
당신의 스톱이 권위주의를 멈추게 해요
당신의 빠꾸가 지역주의를 없애요
당신이, 당신이 앞장서서
대한민국 민주 공화국
오라이 오라이

그 국민들 조화로운 삶
오라이 오라이
아름답게 펼칠 수 있도록 이끌어줘요

돌아와요
사람 사는 세상으로
나누어요
시큼한 막걸리, 덩실덩실 어깨춤

한 줌 재로 남아 차디찬 땅 속에 갇혀 있어도
당신은 우리들의 영원한 대통령 노무현

떠난 님

서태영

님 가시리
날 두고 가시리

가시는 길
노랑 꽃 하얀 꽃 질세라
다 함께 내곁을 떠나가네

가시는 길
미움일랑 두지 말고
그리움만 남겨주오

님도 나도 가슴 속
그리움만

바보꽃

강미옥

혼자 시작했지만
커다란 민중이었다
강자에겐 강하고 싶었고
약자에겐 한없이 무너지고 싶었다
끝없이 도전하며 포기를 몰랐던
야문 바윗돌이었다

그가 남아있는 이 자리
그가 남겨놓은 노래는
푸른 나무로 우리곁을 지키고 있다

고독한 여정을 접어야 했던 오월
하늘도 동동 발구르며
애달픈 눈물 흘렸다

바보꽃을 피우고
그 꽃만큼 외로웠던 사람

평화로운 마을엔 바람개비 여유롭고
도전으로 맺은 꿈은
슬픔을 넘어 이제 희망으로
노란 물결 되어 피어난다

강아지 똥

노지순

저는 죽었습니다
손가락 크기로 웅크린 덩어리 하나
귀퉁이를 지날 적마다
첼로 악기 저음되어 헤집고 들어온다

날마다 죽었습니다
불쌍한가 불행한가
물수제비가 물결 그리듯
고뇌 나무 가지를 할키며 지난다

거칠고 깔깔한 살결을 가진 강아지똥
거친 숨으로 달리고 싶었을까
까만 밤 심장을 팔딱거리며
내 꿈이 뭔가 내 꿈이 뭐였더라
아, 날고 싶었을까
아니면 언덕 위에 하얀 집 짓고
바람의 고백을 들으며
시인이 되고 싶었을까

이제는
처진 어깨 굽은 등 주름진 목덜미
연민인 것을 알기나 할까

붉고 검은 애증이 촛농으로 녹아
오월에 누웠다
한 장 쓴 유언장이
서러운 초록으로 읽혀진다

그리움

지한별

노란 개나리만 봐도 가슴이 저밉니다.

아무렇지 않게 살다가

갑자기 가슴에서 솟구쳐 오를 때가 있습니다

모든 일이 뜻대로 계획대로 잘 되지 않아

다 놓고 싶고 바닥에 주저앉아 버리고 싶을 때가 있습니다

계실 땐 왜 더 잘하지 못했는지

뭐가 부끄러워 사랑하는 마음 숨겨만 두었는지

어렵게 꺼낸 보고 싶다는 말도 이젠 듣는 이 없이

허공에 메아리만 남깁니다

다 보고 계시죠

좋은 모습만 보일게요

먼 그곳에서 가만히 아래 내려다 보며

환하게 웃으실 수 있게 노력할게요

사랑합니다 그리고 보고 싶습니다

슬픈자

김진수

당신을 보내고
당신이 흩뿌린 한 송이 핏빛 장미를
조국의 슬픈 운명 앞에 바친다
그 어떤 것으로도
그 어떻게도 할 수 없는
떠날 수밖에 없었던 당신에 대한 그리움조차
남아 사는 우리의 교육된 망각에 슬어 질 때
검은 옷의 상실된 자아들이 뭉쳐
또 다시 하늘을 보리라
기억하라
나락으로 추락하는 심장을 찢는 갈성
그것은 우리가 보듬지 못한
뒤틀려 아픈 우리의 한 서린 역사가 될 것임을
섬은 옷을 입은
슬픈 자들이여
잊지 말라
그는 우리의 진정한 지도자였음을
그의 시대적 정신을 기리지 못 할 거년
차라리 망각 속에 묻어라

다시 시작하는 봄
박영선

웅크린 작은 몸들이
무덤처럼 엎드려 있다

캄캄한 어둠 속에서
얼마나 사무쳤던가
갈곳 없는 이름들은
망설임으로 흘러다녔다

작은 몸 하나에
많은 손들이 나왔다
손들은 해보다 더 반짝거렸다

나에게는 기억의 촉수가 있어요
그것들은 단단한 껍질을 가지고 있지요
누추한 바람이
쉴새없이 불었다

봄이
손톱처럼 자라났다

노란 풍등

정대석

뜨거운 가슴 속에 정의의 강물이 흐르던 사람, 나보다는 타인의 눈물을 닦아주려고 애쓴 사람, 사람 사는 세상을 위해 님은 당신의 모든 걸 소진했습니다

돈과 부귀와 권력과 명예는 한때 일었다 스러지는 물거품, 들판을 쓸고가는 한줄기 바람, 저자거리의 장삼이사가 되어, 땀흘려 일하고 먹고 마시고 배설하면서, 그렇게 희노애락의 뉵실을 따라 웃고 울면서 누군가처럼 살고픈 것이 작은 욕심이었을 텐데, 일상의 조그만 즐거움과 유희적 쾌락을 단절하고 절제의 길을 걷는다는 것이 얼마나 삭막하고 버거웠을까. 온갖 부귀영화를 다 뿌리치고, 당신 님은 피투성이 형극의 길을 걸어갔습니다

모리배들의 음모가 밤낮없이 칼춤을 추는 광란의 거친들판 가시덤불도 마다하거나 비겁하게 돌아가지 않고, 당당하게 뚫고 헤쳐나갔습니다. 사람 사는 세상은 한낱 헛된 꿈이 아니고, 사람 사는 세상은 반느시 실현 가능함임을 우리에게 일게 해주고 떠너기셨습니다

사랑스러운 손녀 딸과 봉하 들판을 자전거 타고 달리며 꾸밈없는 미소로 행복해 하시던 당신의 사진을 봅니다

고결한 삶을 살다 간 우리의 희망이자 별이신 당신은 우리곁에 남아 영원히 헤어지지 않고 함께 있을 테시요

별은 지지 않는다

김윤영

희망이었다
개나리가 땅심 받아 봄을 깨우듯
내 가슴에 담긴 노오란 희망이었다

부엉부엉 슬픈 눈으로 날아가고
이제는 바람만 남은 그 곳에 서서
꾸역꾸역 희망을 삼켰다

검은 밤이 깊어질수록
눈물은 분노가 되어
내 가슴에 시퍼런 멍을 새겼지만

그는 없고 나는 있다

나는 왜 살아남아 여기 서 있는가
님은 가고 나는 허튼 숨을 쉬는데
나는 무엇을 위해 여기 서 있는가

서럽고 초조한 눈을 들어 하늘을 원망했다
순간 별똥별 하나
사막 같은 내 가슴에 떨어지고

나는 알았다
그저 내 마음에 폭풍이 불고
내 눈에 어둠이 드리웠을 뿐

별은 지지 않는다

갓 태어난 노오란 별 하나
내 품에 꼬옥 안고
고갯길을 내려오며

나는 안다
별은 지지 않는다
별은 지지 않는다

우리의 자존심

송문길

큰 별 하나가
새벽에 떨어져
가슴을 아프게 한다
가시는 길
새벽에 비치는 별 따라
아름다운 나라 가소서
우리의 자존심
스스로 지키게 놓아두고

하늘에서 꽃비를 내려 주시면
이이철

하늘에서 꽃비를 내려주시면
늘 가슴 아픈 기억의 오월

떠나신 그 자리엔 언제나 바람이 불고
길가의 노란 바람개비는 하염없이 돌아가는데
잘 하는 거겠지요, 우리가 잘 하는 거겠지요

바람은 불고 바람개비는 무심하게 돌아가는데
돌아오고 떠나가는 오월, 당신을 붙잡고
당신의 미소를 바라보며 뚜벅뚜벅 걸어갑니다

슬픔보다는, 서러움 보다는, 이제
당신처럼 걸어가는 법을 배우는 오월입니다

오랜 세월 후

김승환

오랜 세월 후
문득 우물을 들여다보았다. 옹돌벽 사이로 물이끼 성성하고 검은
하늘에 구름 동동 떠다녔다. 옛날이 냄새처럼 코끝을 문지를 때,
느닷없는 슬픔이 등을 밀었다

뽀로록

사랑하지 않을 때 증오하는 사랑과 사랑하지 않을 때 슬퍼지는 사
랑이 있다. 바람이 쓸고 간 달, 앙상한 얼굴에 검버섯 몇 개. 달맞이
위로 달이 떠도 외면하는 얼굴이 있다

씀바귀 꽃

바람꽃 메꽃 해꽃 달꽃. 살지 않으면 죽는, 꽃이 좋아서 간다고 했
다. 종종걸음으로 간다고 했다. 산그늘 저기 어디쯤에

사랑하는 당신
명계남

당신 어디에 계십니까?
강물은 결코 바다를 포기한 적이 없다고
정의가 이기도록 해보자고
비겁하게 살지 않을 방법을 찾자고
초라하고 보잘 것 없어도 내가 있으니
내가 앞장 설 테니 함께 다시가보자고
견디자고, 힘내자고, 우리를 다독이며 앞장서서
아무도 가지 않던 길을 뚜벅뚜벅 걷던 당신

우리보다 더 깊이 고개 숙여 인사했고
두 손으로 술을 따르고
사진 찍기 좋으라고 무릎 굽혀 어깨를 맞추어 주던 사람
우리 앞에서 한없이 자신을 낮추었고
우리를 한껏 높여주던 사람 노무현

우리와 함께, 우리 때문에, 우리가 아플까 봐 울어주던 사람
쓰고 매운 세상 파도에 지친 우리들이 마음 아파 울던 사람
더 많이 해주지 못해서 사기 때문에 우리가 아플까 봐
눈물 흘리던 사람

아름다운 사람, 한없이 겸손한사람, 고운사람
당신은 그런 사람

아, 막무가내로 뛰어들어 당신 품에 매달려 볼 것을
무작정 안겨라도 볼 것을
손 꼭 붙잡고 흔들며 오랫동안 뇌주지 않을 것을
더 큰 소리로 당신 이름을 불러도 볼 것을
시도 때도 없이 남이 뭐라 하든 말든
손이 아니라 팔을 아니 온 몸을 흔들며 세상 사람 다 들도록
사랑한다고 소리쳐 볼 것을
아무 책이나 종이나 옷이라도 벗어들고
사람 사는 세상 노무현이라고 사인해 달라고 조를 것을

당신이 보고 싶습니다
지금도 봉하마을에 당신이 있었으면 좋겠습니다

당신이 죽을 수 밖에 없었던 이유
그것이 당신 말씀처럼 운명이었다 하더라도
단 한번만, 아니 마지막으로 그 운명을 거역할 수는 없었습니까?

당신이 살아서 우리에게 던진 수 많은 화두
당신이 부엉이 바위에서 우리에게 남긴 숙제
그 많은, 수많은 고상한
정치, 사회, 문화, 철학적 함의와 해석, 진보의 미래
이런 거 다 때려 치우고
그딴 거 필요없고
그냥, 그냥 당신이 살아 있었으면 좋겠습니다
그냥 당신이 여기서 우리랑 같이 숨쉬고
욕먹어도
여기가 감옥이래도
세상이 지옥 같아도
그래도, 그래도
그냥 당신이 살아있었으면 좋겠습니다

사랑하는 당신
당신 없이 산다는 일
울어서 될 일이라면 얼마나 좋겠습니까?
촛불을 들어서, 피켓을 들어서
노래 불러서 춤추어서 함성을 질러서 될 일이라면

침묵해서 될 일이라면 기다려서 될 일이라면 얼마나 좋겠습니까?
더 나빠질 것 없는 세상이라면, 더 나빠질 것 없는 세상이라면
앞으로는 더 조금씩 나아질 것인데
반드시 되갚아 주어야 하기 때문에
반드시……

원망하지 마라 그러셨지만
그런다하더라도 주먹쥔 손은 결코 펴지 않을겁니다
당신처럼 살 자신도 없고
당신처럼 죽을 용기도 없지만
당신을 닮을 겁니다
당신을 따라갈 겁니다
반드시

근데 미치겠습니다
아무리 다짐하고 떠들어도, 아무리 추스르고 주먹 쥐어도
당신이, 당신이 없습니다

당신이 당신이 보이지 않습니다

어디 계십니까? 바람 불면 오신다면서요?

어디 계십니까?

진짜 여기 우리 가슴속에 살아계신 겁니까?

여기 와 계신겁니까?

대답해주세요!

내 당신 이름 불러 볼 거예요

크게 불러불러 볼 거예요

크게 대답하셔야 해요

옛날처럼 노무현하고 부르면

두손 머리 위로 이렇게 올려서

당신의 심장을 보여주셔야 돼요!

부를 거예요!

노무현!

사랑합니다!

오월을 좋아했다

최지헌

나는 푸르른 5월이 좋았다
저 넓은 대지와 하늘처럼 맑음이 좋았다
소리 없이 전해지는 그 향기가 좋았고
그 속에서 살아가는 사람들이 좋았다
나는 그 모든 것을 보았다
그래서 나는 행복하고, 5월을 좋아했다

미래로 날아가는 화살
정이비

부드러운 새싹들이 무럭무럭 자라납니다
그 곳에 그렇게 노란 개나리꽃
빛을 비춰주던 나의 님

당신이 서 있는 것만으로도 가슴이 벅차고
당신의 미소 띤 그 모습을 보는 것만으로도
세상을 다 얻은 듯 했습니다

순수, 정직, 진실, 지혜, 용기, 정의, 인간애, 사랑, 조국애
당신의 모습이 대한민국을 밝게 비추고 있었습니다

당신이 가신 날, 차마 당신을 보낼 수 없어서
신문에 난 사진을 오려 책상 머리맡에 붙였습니다
"노무현과 함께 만든 대한민국"

오늘을 사는 우리가 아니라
미래를 향해서 날아가는 화살처럼, 아이들처럼
당신의 이름이 나에게는 희망입니다

◆ 사진출처 : 노무현대통령 공식홈페이지 〈사람사는세상 www.knowhow.or.kr〉

3부

야, 기분 좋다

연꽃

김문하

아무 말 하지 않아도 안다 연잎은 왜 저리 빗방울 만들고 우리
는 막걸리 잔을 부여잡고 붉은 눈시울의 서로를 위안해야 하는
지 당당히 일어서는 논두렁 가까이 작은 연못 해마다 이르게
몸 내밀어 서로를 굳게 기대는 푸른 어깨 우리도 동무하여 새
벽 먼 길을 늘 그렇게 달려 왔다 견주어 당기지 않아도 여린 아
픔은 강한 화살 노란 바람개비로 흩날리다 바위산으로 가는구
나 흰 옷 단아하게 차려입고 떠 있는 우리 님 운명이다 고운 땅
딛지 않고 젖은 뿌리 내리고도 피어난 저 토록 아름다운 연꽃
우리 모두의 운명 같은

나중에 다시 태어나면
안도현

나중에 다시 태어나면
나 자전거가 되리
한평생 왼쪽과 오른쪽 어느 한쪽으로 기우뚱거리지 않고
말랑말랑한 맨발로 땅을 만져보리
구부러진 길은 반듯하게 펴고, 반듯한 길은 구부리기도 하면서
이 세상의 모든 모퉁이, 움푹 패인 구덩이, 모난 돌멩이들
내 두 바퀴에 감아 기억하리
가위가 광목 천 가르듯이 바람을 가르겠지만
바람을 찢어발기진 않으리
나 어느 날은 구름이 머문 곳의 주소를 물으러 가고
또 어느 날은 잃어버린 달의 반지를 찾으러 가기도 하리

페달을 밟는 발바닥은 촉촉해지고 발목은 굵어지고

종아리는 딴딴해지리

게을러지고 싶으면 체인을 몰래 스르르 풀고

페달을 헛돌게도 하리

굴러가는 시간보다 담벼락에 어깨를 기대고

바큇살로 햇살이나 하릴없이 놀리는 날이 많을수록 좋으리

그러다가 천천히 언덕 위 옛 애인의 집도 찾아가리

언덕이 가팔라 삼십 년이 더 걸렸다고 농을 쳐도 그녀는 웃으리

돌아가는 내리막길에서는 뒷짐 지고 휘파람을 휘휘 불리

죽어도 사랑했었다는 말은 하지 않으리

나중에 다시 태어나면

야, 기분 좋다

신동호

오늘같은 날이었을 거야.
산허리를 띠두른 안개가 날 오라 하고
보슬 봄비가 술을 따르고
늦각이 산수유 꽃을 안주 삼던 날이었을거야

나와 동행하던 그 사람
산정을 오르다가 산 아래 사람들의 마을을 내려다 보고는
못내 미안한 마음이 들어 풀무더기 속으로 숨어 들어 간 사람

그의 따뜻한 온기에 취해 이후로도 삼사 년
그가 메아리로 남긴 야 기분 좋다라는 외침이 들려 올 때마다
그의 환한 웃음소리가 들려 올 때마다
나는 세상이 바뀌는 줄 알고 그를 찾았지
광장으로 거리로
심지어는 우리 집 다락방 같은 곳에서
꾹꾹 누르고 다지고 해서 견뎌온 눈물이었다지

다시 동행할 그 사람같은 사람이 또 있을까 해서
누구를 만나도 나는
야, 기분 좋다
여러분도 따라 해 보세요

야, 기분 좋나

오늘같은 날이었을 거야
세르비아의 이발사처럼 역사를 다년간
그 사람
그 사람을 그립게 하는 오늘같은 날이었을 거야
이제는 눈물 대신 살구꽃처럼 은은한 외침

야, 기분 좋디

그를 만나러

최보리

기차를 타려면 서둘러야 했다
공기는 차가웠지만 날은 좋았다
발걸음을 재게 놀렸다
기차는 예정시간에 맞춰 정확히 도착했고
나는 창가 한 구석에 쪼그리고 앉았다
웬일로 배가 고프지 않았다

처음 그를 만나러 가는 길
펴든 책장이 잘 넘어가지 않았다
창밖으로 시선을 던졌다
넓은 차창 밖에는
퍼렇게 멍든 하늘과
그 자리를 조심스레 어루만지는 산등성이가
말없이 서로에게 기대 있을 뿐이었다
그가 비쳤다
바싹 마른 산등성이 곳곳엔
간절했던 그의 꿈이 선연히 녹아 있었다

그리고 그런 그에게
같은 꿈을 꾸고 있는 이가
여기 하나 더 있다고 말해주지 못했던 내 가슴에도
시퍼런 멍이 들었다
나는 비겁했는데
그는 내 멍까지 마른 손으로 더듬었나

역에 도착했으니 각자의 짐을 잘 챙겨두라는
안내방송이 흘렀다
멍든 가슴이 낮게 뛰기 시작했다
가야지. 가서 그를 만나야지
가방을 들쳐 메고 일어나 숨을 골랐다
그리고 한 발
좁은 문밖으로 내딛은 걸음이
내 마음을, 지나온 산등성이를
무겁게 울렸다

하늘이 무너져 내렸다
한동문

하늘이 무너져 내렸다
땅이 그냥 푹 꺼져버렸다
한줄기 희망의 빛이 갑자기 사라져버렸다

심어둔 장군차는 어찌 키우라고
대청소한 합포천은 어찌 흐르게 하라고
애정 쏟던 생명의 오리농사는 어찌 지으라고
위기에 처한 대한민국 민주주의는 어찌 살리라고
공권력의 폭압적 인권말살과 만행은 어찌 극복하라고
독재권력의 집회, 결사, 표현, 언론자유는 어찌 되찾으라고

눈앞에서 떠드는 모든 소리가 그저 환청으로만 들립니다

민초들과 하셔야 할 일이 너무 많았는데
살아남은 그저 힘없는 자들은 어찌 살라고
그토록 홀연히 소리 없이 자연과 하나가 되신단 말입니까

누란의 위기에 처한 겁먹은 민주주의를 하루빨리 구해야하는데
백척간두에 처한 표현과 집회, 언론자유를 시급히 수호해야하는데

폭풍 한가운데 난파선 처지가 돼버린 나라를
힘없고 나약한 자들에게만 맡기고 홀연히 떠나셨습니까
남은 자는, 힘없는 자는, 민초와 무지렁이들은 어찌 살라고
가난한 자는, 집 없는 자는, 빽 없는 자는, 권력 없는 자는 어찌 살라고
무에 그리 급하시어 그렇게도 허적허적 바삐 서둘러 가셨습니까

마음엔 여전히 민주와 민초를 사랑한 진정한 벗입니다
마음엔 끝없이 격의 없는 참다운 진짜 대통령입니다
마음엔 한없이 미소 띤 얼굴 그대로 남아있습니다
마음엔 가시지 않고 생전 모습 그대로입니다

영면하소서! 고이 잠드소서!
드넓은 하늘에서 나마 지켜보시며
이 땅의 민주주의 수호에 힘써주소서
이 땅의 풀뿌리 민초들을 보호하소서. 국민을 보호하소서
다시금 이 땅에 민주수호를 위한 피가 흩뿌리는 모습을 지켜보소서

하늘과 땅

김지운

뚜벅 뚜벅
님은 오늘도 걷고 계시나요

찬란한 하늘 이렇게 빛나고 있는데
님은 어디에 계십니까

저는 오늘도 내일도 그립니다
님은 절 보고 계시나요

모든 이가 그리고 있는 당신
님은 모두를 그리고 계시나요

간다

김채훈

간다
그의 발걸음에 걸려 넘어졌던 그의 모습이
간다
다시는 그의 모습이 아닐 곳으로 무참하고
또 무심하게
간다, 그의 곳으로
웃고 있는가
그의 모습은
그의 과거와 그의 뒷모습에선
그는 웃고 있었는가
서러운 기억의 잔해 속 한 줌 먼지된 우리의 웃음이여
아, 영영이구나
보내기는 쉬웠지만
잊는다는 건 영영이었구나
그러나, 한참을 슬퍼하고
뒤돌아 울고 나서야 나는 깨달았다
영영은 그를 잊는데 쓰는
말이 아니라는 것을
그를 잊지 않는데 쓰는 말이라는 것을

정녕 어찌해야 합니까

김진향

꿋꿋이 버텨내려 했습니다

이전처럼 일상의 모습으로 돌아오려 무던히도 노력했습니다

그런데 아직도 헤메이고 있습니다

아직도 불쑥불쑥 눈물이 흘러 괴롭다 못해 부끄럽기조차 합니다

사무실에서도 거리에서도 버스 안에서도 다른 사람들과의 약속장소에서도

처진 어깨, 슬픈 표정, 초점 없는 시야, 멍한 표정, 일그러진 인상

마음 추스르기 위해 봉하마을도 몇 번이나 다녀왔고

봉화산 정토원에서도 부엉이 바위에서도 마지막 가신 그 자리에서도

가눌 수 없는 몸으로 눈물범벅으로 몸서리 쳤습니다

사자바위 위에 올라 봉하마을 굽이굽이 합포천을 따라

당신의 한 서린 혼령이 여전히 그 곳을 떠나지 못하고 계심을 보았습니다

슬퍼서 슬퍼서 숨소리조차 제대로 낼 수 없는 모습으로 흐느꼈습니다

어찌해야한단 말입니까?

나는 우리는 우리들은 정녕 어찌해야한단 말입니까?

깊은 불면의 밤, 풀린 눈 고정할 수 없어 지그시 눈만 감고 있습니다

삶의 목표도, 목적도 없이 지금 내가 무엇을 하고 있는지

내일은 또 무슨 일을 해야 하는지 아무런 목표의식도 없이

좌절감과 상실감의 깊은 늪에서 허우적대다
새벽녘이 되어서야 잠시 눈을 붙일 수 있습니다
어디에 계십니까?
우리들 모두 남겨두고 혼자,
이 눈물을 어떻게 해야 할까요
님께서 말씀하신 작은 비석 앞에서는
혹여나 당신이 슬퍼하실까봐 주체할 수 없는 눈물 보이지
않으려 무던히도 노력했습니다
그런데 돌아서는 몸짓에 눈물방울 툭툭 떨어지는 것은 어찌
할 수 없었습니다
어찌해야 할까요?
남은 우리는, 이렇게 남겨져버린 우리는
무엇을 어떻게 해야 할까요?
아직도 비통한 가슴으로 눈물,
이 눈물 어찌할 수 없습니다
아직도 시린 가슴으로

단풍나무위의 신사

이인행

어떤 노신사가 단풍나무 위에 올라섰다
그는 노오란 노을과 단풍잎을 바라보며
당신의 살아온 기억을 추억한다

아름답고 잔인한 시간은 바닥에 떨어지고
그는 당신의 삶을 기뻐하고 또 슬퍼하며
떨어지는 단풍잎과 노을을 바라본다

노오란 단풍잎이 떨어진다.
그 나무 옆에 신사가 이렇게 말한다
"자네에겐 보람이 있었나?"

신사는 이렇게 말하고 자신의 시간으로 돌아간다
운명과도 같은 단풍잎이 떨어진다
우수수 떨어진다

처음으로 말하다
오영호

한적한 시골마을
당신은 뿌리내리기 위해 첫 번째로 말했고

고된 여정 속에서
당신은 피어나기위해 두 번째로 말했고

지친 인생 속에서
당신은 감싸주기 위해 세 번째로 말했고

아무도 없이 홀로선 가장 멀고 높은 곳에서
당신은 더 낮은 곳을 위해 마지막으로 말했습니다

그 멀었던 거리만큼 한참이 지난 후에야
우리는 당신의 따스함을 듣습니다

이제야 우리는 당신의 목소리를 듣고
당신에게 진하러 됩니다

하지만 당신은 한참을 먼 곳에 있어
따스히 흐르는 눈물에 몸 둘 바를 모릅니다

그리운만큼의 아픔

송명호

가져선 안 되는 꼿꼿한 그를 가져서
우리는 그를 가슴속 깊이 박았습니다
잊고 살다가도 가시 한 끝의 서늘한 느낌에
우리는 또 멈춰 서서 서럽게 웁니다

나에겐 쉬운 체념으로 보내고 난 후
그는 그렇게 떨치지 않는 곳에 남았습니다

맘이 아프지만 그보다 아플까
슬프지만 그보다 슬플까
어떤 발걸음으로 떠나갔을까

묻고 싶은 말이, 하고 싶은 말이 터져 나올듯이 많은데
대답대신 서늘한 존재감만 느껴집니다

왜 그리 모질게 끊어 버렸냐며
내 마음 가벼우려 원망도 해 봅니다

가져선 안 됐던 그를 가졌던 죄로
너무 쉽게 보내준 죄로

열 오른 가슴에서 차가운 한숨을 토합니다

하루
노은지

항상 나서던 대문은
그 날도 삐걱거렸을까

숱하게 넘어질 뻔 한 그 길은
그 날도 미끄러웠을까

매일 올려다 보던 하늘은
그 날도 높고 푸르렀을까

끝에 멈춰선 순간에도
햇빛은 비추고 있었으리라

모든 것을 등지고
어깨 위에 무거운 짐 모두 지고

그렇게
훨훨 사라져버렸다

금요일의 Pub
한용국

사랑을이야기하던시간들은지나갔다
남은자들이여남은것은웃음뿐이다
우리에게는날씨의연금술이필요할뿐
서로에게얼마나무용한지확인하기위해
발끝을까딱거리며의자를들썩이는거다
나름대로깔끔한관계를유지했시만
나사같은감정들을처리하지는못했으니
기다리는사람들은여전히기다릴테지
죽은물고기의살점을우물거리며
우리에게허락된자세는풍자를베끼고
해탈을지껄이다우아하게사라지는일
부연연기속으로누구는벌써홀로그램이다
구원은일기예보의정확성여부에달려있다
술잔의높이가똑같은것은얼마나다행인가
온다던사람은아마늦게라도도착하겠지
하지만이미우리의얼굴은흘러내렸으니
대화는나시오늘의날씨부터시작하는거다
사랑을이야기하던시간들은지나갔지만
서정적인척추를쓰다듬는일은가능하니까
무성생식에두서글푼오기는있다고믿으니까

그리운 당신

노혜경

천둥벼락에 잠이 깨어 그리운 당신을 생각합니다
어디에 있나요. 내 목소리 들리나요*
그쪽 하늘에도 통곡처럼 비 쏟아지고
모처럼 장만한 새 신발이 젖고 있나요
이렇게 비 내리면
당신에게로 건너갈 외나무다리 떠내려가고
강물이 속상해하며 깊어져 울며불며 흘러갑니다

저 어딘가에서 진노하는 신들의 이마가 서로 부딪는 소리
표적을 잘못 찾은 창이
깊게 당신의 옆구리를 꿰뚫는 소리
신음도 없이 당신이 멀어지는 소리

말없이 입성을 갈아입고
당신이 문밖으로 나가는 것을
아무도 붙잡지 않는 소리

그리운 당신을
그리워하지 않은 죄가 너무 깊어
잠 밖으로 쫓겨나 비의 탄식을 듣습니다

속수무책입니다, 이 눈물
대한문 앞 노숙의 천막을 적시고
한뎃 잠자는 모든 이의 이마를 근심으로 어루만지며
스며들 데가 없어 당신의 발자국에 고여들며 축축 젖어오르며
깨어져 구르는 구럼비에 멍들고
퉁퉁 불은 정구지밭을 지나
시가 말라버린 시인의 입술에
매달리는 이 눈물

어디로 가나요 내 목소리 들리나요
그립지 않아야 할 당신을
그리워하는 죄가 너무 깊어

＊김연수 소설 ‘밤은 노래한다’ 에서 인용

밥이 되었던 사내

김종제

세상 뒤엎을 조선 못자리에
시골 촌놈 같은 씨를 뿌려서
한 뼘 올라온 어린 모를
넓은 한양에 옮겨심고
벌레 잡아먹을 동지도 사귀고
외롭게 행진하는 연습처럼
잡초는 혼자서 뽑아버리고
쑥쑥 잘 자란 벼를 골라
낫으로 사정없이 벤 뒤에
탈곡기로 탈탈 털어 한 바가지 담아
냇물에 씻어 솥에 안쳐놓고
엊그제 도끼 가지고 패놓은

독재에 권력에 불을 붙여서
대한민국이라는 나라를
한 서너 시간 팔팔 끓인 후에
뜸도 들인 후에 뚜껑을 열어보니
김이 무럭무럭 솟아오르는
하얀 쌀밥이 잘도 익어서
주걱으로 움푹 퍼서
밥그릇에 고봉으로 담아놓으니
찬도 없이
뜨거운 밥이 된 저 사내를
한 술 먼저 뜨겠다고
못난 백성들이 우루루 몰려들었다

사과꽃

류근

비 맞는 꽃잎들 바라보면
맨몸으로 비를 견디며 알 품고 있는
어미 새 같다

안간힘도 고달픈 집념도
아닌 것으로
그저 살아서 거두어야 할 안팎이라는 듯
아득하게 빗물에 머리를 묻고
부리를 쉬는 흰 새

저 몸이 다 아파서 죽고 나야
무덤처럼 둥근 열매가 허공에 집을 얻는다

찔레꽃 필 때면
이정태

찔레꽃 필 무렵
홀로 가신 님이여
烽火山 우뚝 솟은 精氣
花浦川 앞내 물소리

세상이 깜짝 놀랐습니다
청천벽력이라 하던가요

민족의 상징
大漢門앞 人山人海
눈물은 강을 이루고 바다를 이루었습니다

님이 남기신
위대한 인간성 정지석 족석은
자손만대 길이 길이 전해져
민족이 나아갈 등불이 되어라

이제 다시 찔레꽃 필 때면
님의 앞에 눈물로 서럽니다

청년의 인사
정선호

한 사내가 버스를 탔다
신발에 묻은 흙 털어내며
기사님에게 씩씩하게 인사하며
자리에 앉는다
그는 밖을 본다
구름이 흐르고
별이 빛나고
강물이 차랑차랑했다
그렇게 버스는 '사람을 태우고' 달렸다
그 사내, 어르신들 짐 들어주며
그 사내, 아이들과 기꺼이 눈 맞추며
그 사내, 지친 이들 위해 자신의 어깨 내어주었다
깔깔 웃는 여학생들의 웃음소리
너털웃음 짓는 할아버지, 할머니
해맑게 웃는 아이들

그가 자리에서 일어난다
하차 벨을 누른다
내리려는 모양이다
나는 묻는다
"이곳이 목적지이십니까?"
그가 말한다
"아직 아닙니다"
나는 사내에게 묻는다
"왜 일찍 내리십니까?"
그 사내, 가볍게 미소 짓고는
내게 말한다
"여기 내 꿈을 남겨 놓기 위해
여기 못 다한 사랑의 실타래 풀기 위해
여기 마지막 눈물을 훔치기 위해 내립니다
미안합니다. 더 같이 있어주지 못해서 참 많이 미안합니다"

그 사내는
아니 그 사람은
아니 그 청년은
그렇게 먼저 내렸다
청년, 조용히 손을 흔들며
버스를 배웅한다
버스는 또 다시 '사람을 태우고'
다음 역을 향해 달렸다
그 청년의 꿈, 사랑, 눈물을 온전히 품에 안고서
방송이 나온다
청아한 목소리다
나는 가만히 눈을 감는다. 따뜻한 것이 흐른다
"다음 역은 사람 사는 세상입니다"

노바라기의 그리움
 진화

우리 서로의 만남은
인연의 한 조각처럼 느끼지만
그 질긴 인연의 고리는 이젠 누구도
떼어 놀수도 없고 잊을 수도 없답니다

잊혀지질 않는 걸 어떡합니까?

이미 가슴 속 깊이 자리 잡은 님!

오늘도 보고픔에 눈물을 삼킵니다
그리움을 삼키며 사는 우리들 보다

님께서도 민들레의 홀씨처럼 자유로이 훨~훨~

우린 그저 님盧을 바라보는 바라기일 뿐

영전靈前

이철경

떨어진다는 것
비가 아닌 낙엽이 아닌
신발이든 육중한 그림자든
떨어진다는 것은 순식간에 울음이 터진다는 것
우울한 비처럼 날카로운 햇살처럼 또는 거룩한 눈물처럼
뚝- 뚝- 바닥으로 내리꽂히는
모든 사물은 아직 터지지 않은 울음을 담고 있다는 것

떠내려간다는 것
장대비로 흘러가든 강가로 떠밀려가든
자꾸만 아래로 침전되어 간다는 것은 막막한 일
살아서 절박한 사내 세월에 떠내려간다는 것은
의지와 상관없이 어디론가 흘러간다는 것은
잊힌다는 것이다
사라진다는 것은 끝내 눈물 흘리는 것

지금, 청연淸烟한 강가에 떨어진 붉은 꽃잎
어디로 흘러가고 있는가?

사막에서 만나다
황민관

낙타를 타고 사막을 지난다
뜨거운 태양에 달궈진 모래알
이글대는 열기를 식히려는 회색바람에
모래폭풍을 이루고
낯선 모양의 언덕을 하고는 힘없이 숨죽인다

굴곡진 다리 휘어진 걸음 메마른 땅을 밟으며
나비의 날개짓에도 사라질 길을 애써 낸다
나침반 방향타도 없이 오아시스로 나를 안내하고는
여러겹 모래바람 맞은 무거운 눈꺼풀을 이내 내려 놓는다

내가 만난 당신은 눈에는 보이나 다가가지지 않는 신기루
당신이 본 나는 촉촉한 땅 서있을 때 나타난 사상누각이었나 보다
우린 그렇게 사막에서 만났다

그를 잃고 우리는
전영관

돌덩어리 부처도 삼천 拜 받고 나면
눈길 한 번은 준다는데 눈물로 단을 쌓고 국화로 뜻을 하며
오백 만이 무릎 꿇어도 당신
웃기만 하십니다 눈 한 번 돌리지 않습니다

초면인 얼굴들과 내가 피붙이처럼 어깨를 맞대고 우는 것은
정의가 거리의 낙엽처럼 쓸려나가는 國籍을 가진 때문입니다
우리가 이런 시대를 살고 있다는 것을
모두가 알고 있으면서도 서로에게 들킬까 慘澹한 까닭입니다
승냥이들이 썩어 문드러질 송곳니 앞세워 당신을
벼랑으로 몰아내도록 우리 모두가 가슴을 닫고 있었다는
自責 때문입니다

울분이 시퍼렇게 일어서고 있음을 아시는지
슬픔으로 칼을 갈지는 말라고 그렇게 웃고 계십니까
칼을 품더라도 그 끝이 저들을 향하지는 말라고 밀짚모자보다
더 소탈한 얼굴로 국화만 흠향하고 계십니까

감추려 해도, 누구도 원망하지 말자 해도 竹槍보다 예리한
칼 하나씩 울음들 속에 일어서고 있습니다
눈물로 버려지는 칼
홍수를 이룬 悲痛이 백만 번, 천만 번 담금질 하는 칼일지라도
아직은 당신의 미소만 바라보기로 합니다

조금만 더 함께 있기로
칼은 당신을 저만치 먼 곳으로 보내드린 후 꺼내기로 합니다
千斤도 萬斤도 넘는 부엉이 바위 무게로 누르고 있습니다
그곳은 차별도 비아냥거림도 없이
원칙과 나눔이 가득하다고 믿는 마음으로 우리들
당신 靈前에 눈물만 거듭 얹어놓고 있습니다
이토록 당신만큼 환한 봄날에

빨강에서 초록까지 노랑이 모두 죽는다*

한우진

너희들은 마신다 빨강

초록을 뚫고 노랑에 이르기까지

마신다 철철 부어 염치없게

너희들의 잔에 실제로 겨울이 오고

필요하기만 하다면 겨울이 어떻게

여름을 대신하는가를 보여주는 어떤 죽음 앞에서

마시고 또 마신다

너희들이 익숙한 신문에 몰두하는 동안

나는 여러 개의 칼끝이 겨눠질게 분명한 시 한 편을 쓰겠다

바위의 이름을 빌려 어둠을 지배하려는

올빼미가 발톱을 내민다

나는 노랑을 찢고 그 죽음을 들여다본다

죽음이란 집요하게 남아 있는 이 지상의 음료
'빨강에서 초록까지 노랑이 모두 죽는다'
실제로 죽음이란 쉽사리 추방되는 것이 아니어서
대수롭지 않게 잔을 비워내는 너희들
겨울이 어떻게 여름을 대신하는가를 되물으면서
요컨대 죽음은 뛰어내리는 이미지
노랑이 펄럭거리는 빨강—초록의 손아귀에서
올빼미의 자상함이 드러나는 깃털의 밤에
너희들은 마시고 또 마신다
올빼미의 발톱이 바위에 얼음을 새긴다
저 불가피한 이미지들, 나는 후후 입김을 분다

상족암*에서

오인태

발자국은 절벽에서 홀연히 끊겼다

그 순간, 깊은 울음을 내지르며 그이의 눈은 천길 만길 아득한 저 바다를 내려다보았을까 아니면 겁에 질린 눈으로 붉었을 하늘을 쳐다보았을까 여리고 지순한 진흙 같은 가슴에 날카로운 발자국을 찍어대며 무거운 생의 사변 하나 지나갔음이야 또한 추측할 뿐이다

잊어버려라, 잊어버려라 속 모르는 파도는 끊임없이 세상의 가볍디가벼운 사랑을 속삭이며 위로하려 들지만 정작 그 긴 세월 바위가 되도록 부릅뜬 눈을 감을 수 없는 이유는 이렇듯 가슴에 깊이 팬 상처가 아파서가 아니라 어디론가 쫓기듯 사라지던 그이의 뒷모습이 못내 눈에 밟혀서이리라 느닷없이 찾아와서 한 번도 허락한 적 없는 순결한 몸에 불도장 같은 뜨거운 사랑의 흔적을 남기고 현옹수도 채 멎기 전에 표연히 사라진

아, 내 처음이자 마지막 사랑도 그렇게 왔다 갔다

더 이상 묻지 않기로 하자 다만, 그 퀭한 바위의 눈들이 내내 서늘해서 말이다

***** 경남 고성의 공룡발자국 화석이 있는 바위 해변

그대 잘 계시는지
이위발

햇살이 뿌린 온기를
노을이 가슴으로 안으며
서녘으로 스며들 때
누이 젖꼭지 같은 작은 풀꽃에
그대의 흔적이 숨어 있는
솔직한 세절 앞에서
땀만 흘려보내고 있네

버릴 것 하나 없는 뭇볕이
마당 위에 뿌려질 때
흙이 부풀어 오르듯
그대의 소박한 밥상에도
축복 받은 달빛 한쪽
모서리마저 이울지 않게
옆에서 지켜봐주게

껍질로 살기

김수려

개나리 지고 목련이 떨어질 자리를 보는
한산한 봄
순탄한 봄의 하루
단 호박죽을 끓이려고 호박을 손본다
흐르는 물에 푹푹 씻어 물기를 닦는다
작년 수확 호박은 무뚝뚝하고 견고해서 수비가 특급이다
밀리는 칼질이나마 세게 쳐 몇 쪽으로 자르고
속을 파낸다
진초록 껍질은 목피같이 우둘두둘 딱딱
무표정으로 손길을 방어한다

식물이든 동물이든 껍질은 질기고 억세다
그러면서 내육보다 영양이 풍부하다
외피는 외부의 위험으로부터 개체를 보호하는
임무를 띠고 있기에
단단하고 질기게 만들려면 영양소를 많이 보내야 한다
껍데기에는 그래서 입에 거칠지만 좋은 것이 더 많다
늙은 초록은 부모 같은 울타리
거친 낮과 험한 밤 속내를
안전하게 성숙시킨다

아까운 초록을 버리는 것이 노란 색을 제대로
내는데 유리하다 하지만 버리지
않는다 대범하게 숭덕숭덕 썰어
내육과 함께 끓인다 노란 색에 초록이 섞이면
인고로 검어진 초록이 함께 들면
아마 팔레트가 들썩이는 연두 아우성
어쩌면
초록이 완전히 풀어지지 않으면 검초록
반점 병구들이 점령한 완강한 환호

법석들이 노랗게 진정될 때쯤
수런수런 혈기 뜨거운 병구들에게 메시지를 넣는다
나의 노랑은 이제 네 살이다
비바람 서리 견딘 초록아 걸음마 여린 초보를 지켜다오
자식 속에 섞여 든 자모되어 엄부되어
억셈은 강건함으로
질김은 끈기로 영양은 시혜도
제 일을 할 순비가 될 때까시
껍질로 살 때까지 그렇게

마지막 헌시
전남진

시詩라는 형식을 빌어 당신께 마음을 전해야 한다는 부담에 한동안 내 마음은 당신 마음 언저리만 맴돌았어요. 내 마음 언저리가 당신 마음 그 어느 작은 언덕에라도 이르렀을지 모르겠어요. 그 언덕 꽃 핀 길가에 앉아 흐르는 흰 구름을 올려다봤을지 모르겠어요. 당신이 계신 곳엔 이제 시간이 없겠죠. 살아 있는 모든 시간은 영원을 향해 가는 짧은 여행이겠죠. 난 이제 당신의 얼굴을 그리워하지 않아요, 당신의 목소리를 그리워하지 않아요. 당신의 이름을 부르지 않아요. 그건 당신을 부르는 초혼招魂이란 걸 알았어요. 이젠 이쪽을 돌아보지 마세요. 당신을 그리워하는 이들이 부르는 소리도 듣지 마세요. 당신을 그렇게 보낸 이 세상에 오지 마세요, 다시 오지 마세요. 들꽃 같은 당신 그 꽃잎 한 조각도 보지 못하는 사람들이 여전히 당신을 밀어내고 있는 이 세상에 다시 오지 마세요. 당신께 모질고 차가웠던 이 세상에 다시는 오지 마세요

나는 이제 당신을 그리워하지 않아요, 당신을 부르지도 않아요. 그래
도 어느 쓸쓸한 날이면 당신 마음 그 언덕에 앉아 꽃과 구름을 볼 거예
요. 이 짧은 여행이 끝나는 날까지 나는 때때로 당신의 언덕을 찾을 거
예요. 그러나 이제 당신을 부르는 문장은 없어요. 이것이 당신을 향한
마지막 문장이에요. 그리운 당신, 그럼 안녕

노무현 대통령 서거 4주기, 추모시집을 발간하며

"조선 건국 이래로 600년 동안 우리는 권력에 맞서서 권력을 한 번도 바꾸어 보지 못했습니다. 비록 그것이 정의라 할지라도, 비록 그 것이 진리라 할지라도 권력이 싫어하는 말을 했던 사람은, 또는 진리를 내세워서 권력에 저항했던 사람들은 전부 죽임을 당했습니다. 그 자손들까지 멸문지화를 당했습니다. 패가망신했습니다. 600년 동안 한국에서 부귀영화를 누리고자 하는 사람은 모두 권력에 줄을 서서 손바닥을 비비고 머리를 조아려야 했습니다. 그저 밥이나 먹고살고 싶으면 세상에서 어떤 부정이 생긴다 쳐도 어떤 불의가 눈앞에서 벌어지고 있어도 강자가 부당하게 약자를 짓밟고 있어도 모른 척하고, 고개 숙이고, 외면했습니다. 눈 감고 귀를 막고 비굴한 삶을 사는 사람만이 목숨을 부지하면서 밥이라도 먹고 살 수 있었던 우리 600년의 역사……"

(2002년 민주당 광주경선 연설)

그가 떠난 지 4년.

반칙과 특권이 판치고 원칙과 상식이 통하지 않는 세상은 여전히 반복되고 있다. 서거 4주기를 맞는 지금, '사람 사는 세상'을 열망하는 우리는 통곡하는 심정으로 그를 기리는 프로젝트를 기획

했다. 시집이라는 아이디어로 시작된 이 시도는 4년 전 그를 추모
하던 500만의 분노와 눈물을 어떤 형태로든 다듬어진 형식으로 남
겨야겠다는 생각에서 나온 것이다. 높은 지명도를 지닌 시인들의
뛰어난 작품을 실어 그럴 듯한 시집을 내겠다는 욕심을 부리지는
않았다. 물론 동시대의 대표적인 시인과 유명 인사가 다수 필진으
로 참여했지만 시적 상상력과 형상화의 깊이가 발간 목표는 아니
다. 문학적 성과보다 추모 정신과 참여 자체에 무게를 두었기 때
문이다.

또 편집 팀에서 여러 차례 검토를 거쳐 선정한 것이기는 하지만
자발적 시민들의 작품이 더 많다. 따라서 개인이 발표한 것이건 특
벌 이벤트건 지금까지 나온 어떤 형태의 시집과도 다르며 기존의
시집과 같은 잣대로 평가할 대상도 아니다. 굳이 기존 시인과 아마
추어를 구분하지도 않았고 약력을 기재하는 상투적인 관행도 따
르지 않았다. 기득권을 거부한 고인의 뜻에 맞지 않는다고 판단했
기 때문이다. 이번 추모 시집 발간은 시인과 작가들 뿐만 아니라 정
계와 문화계, 사회단체 인사, 각계 각층의 시민들, 고등학생부터 농
민, 주부, 사무직, 생산직 노동자, 전문직까지 노무현을 사랑하는

다양한 시민들이 참여해 만든 시민 참여형 기획이라는 의미를 담고 있다. 뜨거운 참여정신, '깨어 있는 시민의 조직된 힘'이 시적 수준의 빈틈을 메워 주리라고 믿는다.

우리 한국인에게 노무현의 존재는 무엇인가?

확실히 그는 시대를 앞질러 갔다.

지역주의와 연고주의, 학벌주의가 여전히 역사의 주류로 기승을 부리는 한국의 정치 풍토를 뛰어넘으려 했다는 점에서 그는 시대의 이방인이었다. 그의 존재는 그가 말한 그 '600년'의 뿌리 깊은 의식구조를, 또 수백 년간 군림했던 노론老論의 후예들이 완강하게 고수하는 권력의 뿌리를 외면했다는 점에서 비극성을 담고 있다. "역사는 반복되지 않는다. 역사를 만들어가는 인간의 행위만 반복될 뿐이다"라는 말은 한국의 현대사에도 그대로 적용된다.

노무현의 좌절은 어떤 의미에서 불가항력적인 역사적 의미를 내포하고 있다. 인류사에서 시대를 앞질러간 자들의 불행을 어김없이 닮았기 때문이다. 새로운 예술의 지평을 위해, 인류의 진화를 위해 시대를 앞질러 간 전위 예술가의 비극적인 삶을 닮았다. 한국인의 정치 의식과 시대 정신을 저만치 앞서갔다는 점에서 그는 정치적 아방가르드였다.

시대를 앞질러가 죄는 우리 모두의 비극으로 남았다.

누가 봐도 그의 가치관은 한국적 정치 풍토와는 거리가 멀다. 수많은 양민을 학살하고 천문학적인 국비를 횡령하고서도 단 돈 '29만 원' 밖에 없다며 떵떵거리고 사는 자에게 관대한 현실은 그의 양심이 파고들 공간을 허용하지 않는다.

그를 물고 늘어지는 데는 진보와 보수, 여도 야도 따로 없었다.

"인간은 무엇으로 사는가?"에 대하여 한 번도 진지한 자기성찰을 하지 않는 이기적 현실 지상주의자들에게 그는 철저한 아웃사이더일 수밖에 없었다. 더불어 사는 사회, 공동체에 대한 의무, 후손을 배려하는 지속가능성의 사고, 미래지향적 정치 의식은 그를 죽음으로 내몬 자들과 무관히기 때문이다.

우리는 알고 있다.

퇴임 후에 농촌에서 자전거를 타며 시골사람으로 늙어가는 방식을 저들은 용납할 수 없었다는 것을. 그 때문에 그들 자신의 더러운 모습이 노출되는 것을 두려워했다는 것을. 그의 생존방식을 흠집 내기 위해 온갖 모략을 서슴지 않았다는 것을.

또 우리는 알고 있다.

이른바 '친노'라는 파렴치한 가면 뒤에서 자행되는 '반노적' 행태를. 국제적인 조롱거리밖에 안 될 탄핵을 유발한 데 대해 단 한 번도 공식적인 사과를 한 적이 없다는 것을.

우리는 기억한다.

'경국대전'식 억지를 부른 정치 구조에 대해 진정 뼈를 깎는 자기 반성이 없었다는 것을. 이미 기형화된 수도권 비대화에 대한 우려나 전국의 균형 발전이라는 미래적 화두는 재테크 관리에 여념이 없는 저들의 국가 경영 사전에 아예 없었다는 것을.

이점에서 그는 기득권 전체의 공동의 적이었다. 어떤 면에서 그의 최후는 오리지널 9 · 11 테러라고 할 1973년 피노체트 쿠데타로 자결을 택한 칠레의 살바도르 아옌데를 닮았다. 적과 동지의 틈바구니에서 부대끼다 좌절한 그 출구 부재의 상황이 눈물 나게 비슷하기 때문이다.

"삶과 죽음이 모두 자연의 한 조각 아니겠는가?"

유서에 남긴 이 생사일여生死一如의 도가적 사유방식을 저들은 납득할 리가 없다. 약탈자본주의의 단맛에 길든 1차원적 존재론으로는 도달 불가능한 영역이기 때문이다. 인문학적 소양은 천박한 학벌주의에서 나오는 것이 아니다.

동시에 이것은 의혹투성이에도 불구하고 몰역사적인 패거리 문화에서는 설대 그런 세계관이 나올 수 없다는 점에서 우리가 그의 비극적 최후를 받아들일 수밖에 없는 이유이기도 하다.

주류 사회 공동의 적 노무현.

진정한 소통을 원했던 그는 소통이 차단된 한국적 언론 구조 때문에 좌절했다. "권력을 가진 사와 국민이 소통해야 한다"는 그의 주장은 대통령이 지위로서두 어쩌지 못하는 절벽 언론의 기득권

앞에서 힘을 쓰지 못했다. 소통을 용납하지 않는 한국 미디어 시장. 소셜 네트워크 문화가 일상이 된 지금은 조금 다를지 모르지만 아무런 배경도 없는 '정체불명'의 그를 백안시했던 주류 언론의 행태는 아직까지 요지부동이다.

"한국에서 진정한 언론의 자유 문제는 기자실 문제도 아니고 정치 권력의 문제도 아니고, 사주로부터의 자유"라고 외친 그의 주장을 외면한 것은 기자들도 예외가 아니었다. 오히려 정치 권력과 사주로부터 길들여지는 길을 그들이 택했다는 것은 지난 5년의 역사가 생생하게 보여준다. 기자들 역시 특권을 향유하는 인사이더이기 때문이다.

복지 국가는 금융자본주의가 세계를 쑥밭으로 만들고 있는 지금도 변치 않는 미래지향적 화두이다. 그는 사민주의적 복지 국가 모델을 매우 일찍이 깨우치고 부분적으로나마 실현하려 했다는 점에서도 한국적 풍토를 앞서갔다. '사람에 대한 투자'를 강조한 그의 비전은 등록금 인하와 같은 단기적 처방에 급급한 정치현실과 타협할 공간이 없었다.

“국민 누구나 건강하고 안정된 삶을 누리고 질병과 노후, 주거에 대한 불안이 없고, 자라나는 아이들 누구에게나 교육의 기회가 공평하게 열려있어서 미래에 대한 희망을 가질 수 있는 사회”라는 비전은 ‘비즈니스 프렌들리’와 콘크리트 개발 식 통치행태에 파묻혔다. 경제는 물론이고 정치 개혁, 남북 문제, 교육 개혁, 복지 정책 어느 분야에서도 우리는 한 발도 앞으로 나가지 못했다. 오히려 훨씬 퇴보했다는 것을 모든 통계 지표는 보여준다.

“국민총생산이 중요한 것이 아니다”라는 그의 발언은 지극히 평범한 진실인데도 여전히 이해받지 못하고 있다. 어느 특정 세력이 아니라 우리 모두가 직간접적으로 이런 결과에 책임이 있다는 점에서 그리고 그를 지켜주지 못했을 뿐 아니라 그의 유시를 세대로 계승하지 못했다는 점에서 우리 모두는 통곡해야 마땅하다.

노무현은 행복한 사람이다.

비록 오래 살아 부귀영화를 누린 것은 아니지만 온갖 중상모략에도 불구하고 500만으로 상징되는 국민의 가슴에 영원히 남을 것이기 때문이다

"지못미"를 외치며 오열하던 전국 남녀노소의 그 서러운 모습을 우리는 잊지 못한다.

여기 노무현을 사랑하는 사람들이 저마다 한 편의 시로 그 애달픔을 노래했다. 시인으로 유명한 사람도 정계와 문화계, 연예계에서 전국적인 활동을 한 사람도 보통 사람과 똑같이 모두 평등한 한 몫으로 참여했다. 이분들에게 진심으로 고맙다는 인사와 함께 바쁜 와중에도 시간을 쪼개 시 작업에 정성을 들인 노고에 경의를 표한다. 누구보다 이미 기존 시단에서 활발한 활동으로 존경을 받는 시인들에게 감사를 드린다. 파격적인 프로젝트에 참여해준 그 너그러움에 절로 고개가 숙여진다. 또 이 시집을 발간하기까지 협조를 아끼지 않은 시민광장 문학광장 편집위원들, 노무현재단과 서거 4주기 시민기획위원회의 도움에도 진심으로 감사의 인사를 전한다.

수록 작품이 100편을 훌쩍 넘겨 일일이 언급할 수는 없으나 인간 노무현의 의미, 정치인 노무현에 대한 회고, 고인에 대한 사랑, 바보스러운 노무현에 대한 추억, 어수룩해 보이는 얼굴에 대한 그리움, 고인에 대한 송구스러움, 후세대에 대한 가르침의 표본, 노란색 이미지의 아픔 등등, 모든 주제가 한결 같이 자기 나름의 사랑과 슬픔, 분노를 시적으로 표현했다. 비록 시적 테크닉과 형식, 시어 선택, 상상력의 깊이와 폭에서 수준은 다양하지만 한 편 한 편을 우리는 소중하게 생각한다. 우리는 정성스럽게 보내온 작품에 대해 심심한 감사를 표할 뿐 일반 시집에 수록되는 형식의 평론이나 발문을 쓸 의도가 없다. 작품의 양으로 볼 때 물리적으로 불가능하기도 하거니와 추모 시집의 취지에 합당하다고 보지 않았기 때문이다.

시대를 앞질러간 노무현.

그는 우리 시대의 비극인 동시에 희망이기도 하다.

상고 출신이 대통령이 될 수 있다는 것은, 대학을 나오지 않아도 성공할 수 있다는 사례는 여전히 망국적 입시제도로 신음하는 대다수 한국인들에게 희망의 메시지로 남아있기 때문이다.

상식과 원칙을 지향하는 사회는 아직도 우리에게는 해결이 난망한 과제이지만 또 고질적인 지역주의를 극복하고자 했던 통합의 정치는 지금도 현실 정치에서 외면받고 있지만 언젠가 우리가 이루어야 할 목표라는 것을 누구나 인식하고 있기 때문이다.

우리는 이제 그 모든 뼈아픔과 단장의 눈물을 새로운 비전 제시의 문화로, 희망의 노래로 한 단계 성숙시키고자 한다. 과거지향적 회한이 우리의 목표는 아니며 고인의 뜻은 더욱 아닐 것이다. 우리 모두의 가슴에 새겨진 '바보 노무현'의 모습은 과거가 아니라 미래로, 슬픔과 고통을 딛고 새로운 희망의 세계로 나갈 것을 요구한다. 우리는 이것이 서거 4주기를 맞아 우리 모두에게 주어진 시대적 과제라고 믿는다. "아주 작은 비석 하나 세우라"는 그의 무소유적 소망에 대해 우리는 그의 인간적 매력에 답하는 의미에서 이 시집을 작은 '시비詩碑'로 바친다. 동시에 이 시집이 널리 읽혀 세월이 흘러도 바래지 않을 노무현 정신이 계속 이어지기를 바라는 마음 간절하다.

비록 시간은 걸리겠지만 우리는 희망의 끈을 놓지 않을 것이다. "강물은 바다를 포기하지 않는다"는 그의 신념이 옳다고 믿기 때문이다. 우리는 강물처럼 '사람 사는 세상'이 온다는 희망을 버리지 않을 것이다. 정치 의식의 지평이 바뀌고 그의 역사관을 뒤늦게 깨닫기 시작할 때 이 시대가 그의 죽음이 주는 진정한 의미를 이해하리라는 희망을……

박병화
(시민광장 문학광장, 노무현 대통령 서거 4주기 추모시집 발간위원회)